Sobre as coisas

ANTOLOGIA DE CONTOS CLÁSSICOS

Sobre as coisas
ANTOLOGIA DE CONTOS CLÁSSICOS

Seleção e tradução | HELOISA PRIETO | VICTOR SCATOLIN

Ilustrações | RENATA BORGES SOARES

Produção: M.R. Cornacchia Editora Ltda.

Coordenação: Ana Carolina Freitas
Ilustrações: Renata Borges Soares
Direção de arte: Fernando Cornacchia
Design gráfico: DPG Editora
Copidesque: Mônica Saddy Martins
Revisão: Simone Ligabo Gonçalves

Dados Internacionais de Catalogação na Publicação (CIP)
(Câmara Brasileira do Livro, SP, Brasil)

Sobre as coisas: Antologia de contos clássicos / seleção e tradução Heloisa Prieto, Victor Scatolin; ilustrações Renata Borges Soares. – Campinas, SP: Guaxinim, 2021.

Vários autores
ISBN 978-65-89558-02-6

1. Antologia 2. Contos 3. Contos – Coletâneas – Literatura I. Prieto, Heloisa. II. Scatolin, Victor. III. Soares, Renata Borges.

21-56098   CDD-809.83

Índice para catálogo sistemático:
1. Antologia: Contos: Literatura   809.83

Maria Alice Ferreira – Bibliotecária – CRB-8/7964

A grafia deste livro está atualizada segundo
o Acordo Ortográfico da Língua Portuguesa.

1ª Edição – 2021

Proibida a reprodução total ou parcial
da obra de acordo com a lei 9.610/98.

DIREITOS RESERVADOS PARA A LÍNGUA PORTUGUESA:
© GC Editora Eireli – Guaxinim
R. Barata Ribeiro, 79, sala 315 – CEP 13023-030 – Vila Itapura
gceditora@gmail.com – Campinas – São Paulo – Brasil

Sumário

- 7 — Apresentação
- 11 — O presente dos magos
  O. Henry (Estados Unidos)
- 19 — A dama de espadas
  Alexander Pushkin (Rússia)
- 47 — O bule de café
  Théophile Gautier (França)
- 55 — As três flores: Conto boêmio
  Ignácio M. Altamirano (México)
- 67 — Em todo o caso onde há crime, ou se presume…
  Fernando Pessoa (Portugal)
- 71 — Informações paratextuais

Apresentação

Numa narrativa, qualquer objeto é sempre mágico.
Italo Calvino

Chaves, espadas, cartas de baralho, bonecos, baús, automóveis, celulares: a lista de objetos geradores de narrativas, pinturas, fotos, filmes é interminável. No entanto, raramente nos dedicamos ao exercício de destacá-los para a percepção de sua simbologia, seu desempenho e sua estatura como símbolos e códigos do jogo criativo.

Invertendo a gramática narrativa convencional, na qual o sujeito é o protagonista, cinco textos criados por autores clássicos nos desafiam a pensar no papel que "as coisas" desempenham em nossa vida.

Seriam os objetos a personificação das forças do "acaso"?

Os milenares contos populares oriundos da tradição oral já foram analisados segundo diversas classificações: contos e fábulas mitológicos; contos e fábulas biológicos; fábulas sobre animais; contos de origem; contos e fábulas humorísticos; fábulas morais. As narrativas orais costumam apresentar temas recorrentes: o herói de espírito puro e simples; os três irmãos; o herói que enfrenta perigos (dragões); a busca do amor; a jovem inocente; a vítima de uma ilusão ou de um enfeitiçamento; a posse de um talismã; a posse de objetos encantados.

Quando um autor de grande domínio da escrita decide abordar os temas que lhe parecem mais representativos, muitas vezes perpassa estruturas perenes da tradição oral e as introduz em novas combinatórias narrativas. A originalidade de uma imaginação ampla e o forte senso de observação podem produzir personagens e dilemas de um modo completamente inesperado.

Tornar objetos os protagonistas, os motores da ação, por exemplo, desafia as regras da convenção, colocando o leitor num estado de perplexidade. Ora, a surpresa narrativa é uma das melhores formas de capturar o olhar de quem a lê e introduzir conceitos de eterna sabedoria sem ditar normas ou parecer piegas.

A presente seleção optou por escolher o gênero contos como forma de destacar a importância das "coisas" em narrativas de autores clássicos. O objeto supérfluo, o misterioso, o imprescindível, o insondável surge simbolizando diversas facetas da natureza humana. Mas, quando entra em jogo o verdadeiro afeto, haverá necessidade de "coisas"?

Dilemas fundamentais da existência de cada um serão desvendados por meio de contos que se leem de uma sentada só. Encanto, suspense, surpresa, contidos neste objeto tão imprescindível que é o livro!

O presente dos magos

Um dólar e oitenta e sete centavos. Era tudo o que tinha. Ela separou o dinheiro, uma moeda depois da outra, calculando cuidadosamente o preço da comida a comprar. Della contou as moedas três vezes mais. Um dólar e oitenta e sete centavos. O dia seguinte era Natal.

Não havia o que fazer, além de jogar-se na cama e chorar. Foi o que fez Della.

Enquanto a jovem aos poucos se acalma, podemos dar uma olhada em sua casa. Um quarto e sala mobiliados que lhe custam o aluguel de oito dólares por semana. Não há mais nada a acrescentar.

No saguão de entrada, a caixa de correio é tão pequena que mal tem espaço para conter uma carta. A campainha é elétrica, mas não funciona. Além disso, vemos a placa com o nome do morador pregada na porta: Senhor James Dillingham Young.

Quando a placa foi colocada ali, o senhor James Dillingham Young ganhava 30 dólares por semana. Agora, ele só recebia o valor de 20 dólares, e o nome parecia muito longo e importante. Talvez eles devessem ter colocado James D. Young na placa. Mas, quando o senhor James Dillingham Young entrou na casinha mobiliada, teve a impressão de que seu nome realmente encolhia. A senhora James Dillingham Young o abraçou e o chamou pelo apelido: Jim. Vocês já a conhecem. Seu nome é Della.

Della parou de chorar e limpou as lágrimas do rosto. Aproximou-se da janela e olhou para fora sem interesse. Amanhã é Natal, e ela tem apenas um dólar e oitenta e sete centavos para comprar um presente para Jim. Ela economizara muito ao longo dos meses, mas só havia conseguido guardar esse valor. Tudo custava mais do que ela esperava. Era sempre assim.

Apenas um dólar e oitenta e sete centavos para Jim. Ela gastara tantas horas felizes planejando os belos presentes para Jim. Nada parecia estar à altura dele. Ela não encontrava algo que fosse digno de Jim.

Havia o espelho entre as janelas do quarto. Talvez vocês já tenham visto espelhos desse tipo em outros cômodos alugados, por apenas oito dólares. É um espelho bem estreito. Só dá para refletir uma pessoa por vez. Contudo, se a pessoa for magra e se movimentar rapidamente, talvez consiga um bom reflexo de si. Della era muito esbelta e já dominava esse truque.

Subitamente, ela se afastou da janela e ficou parada diante do espelho. Os olhos brilharam intensamente, mas o rosto empalideceu. Rapidamente, ela soltou os cabelos para que descessem livremente por suas costas.

O casal tinha muito orgulho de duas coisas. Uma delas era o relógio de ouro de Jim. Ele pertencera ao seu pai. E, antes, ao pai de seu pai. O outro motivo de orgulho eram os cabelos de Della.

Se uma rainha morasse nos cômodos vizinhos, Della teria lavado e secado seus cabelos perto da janela de modo que a rainha pudesse vê-los. Della sabia que seus cabelos eram mais lindos do que qualquer joia ou preciosidade da realeza.

Se um rei morasse na mesma casa que eles, com todas suas riquezas, Jim teria olhado para o relógio a cada minuto de seu encontro. Jim sabia que rei algum teria um objeto de tanto valor.

Então, agora, os belos cabelos de Della se espalharam sobre seus ombros, brilhando como um rio de águas castanhas. Eles passavam da altura dos joelhos. A cabeleira a cobria como se fosse um vestido.

Em seguida, ela prendeu os cabelos no alto da cabeça outra vez, com gestos nervosos e rápidos. Ela até mesmo se deteve por um momento, enquanto uma ou duas lágrimas escorriam por sua face.

Vestiu o velho casaco marrom. Apanhou o velho chapéu marrom. Os olhos ainda brilhando, saiu pela porta rapidamente e desceu pela rua.

Até parar diante de um cartaz onde se lia: "Senhora Sofronie. Artigos de cabeleireiros de todos os tipos".

Della subiu até o segundo andar e parou para recuperar o fôlego. A senhora Sofronie, uma mulher grande, muito pálida, de olhos frios, a encarou.

– A senhora compra o meu cabelo? – indagou Della.

– Eu compro cabelos – disse a senhora Sofronie. – Tire o chapéu e deixe que eu os veja.

A cascata de cabelos castanhos derramou-se.

– Vinte dólares – disse a senhora Sofronie, erguendo os cabelos para sentir o peso dos fios.

– Pague rápido – disse Della.

Ah, as duas horas seguintes pareceram voar. Della passava de loja em loja em busca de um presente para Jim.

Finalmente, ela o encontrou. Aquele presente definitivamente era para Jim e mais ninguém no mundo. Não havia nada igual àquele presente nas outras lojas, e ela tinha visitado todas da cidade.

Era uma corrente de relógio de ouro, muito simples. O valor residia na pura riqueza do material. Por ser tão simples e elegante, dava para perceber o quanto era preciosa. Todas as coisas boas são assim.

Era a corrente ideal para O Relógio.

Assim que ela a viu, soube que precisava comprá-la. A corrente era a cara dele. Discreta e valiosa – tanto Jim quanto a corrente demonstravam essa quietude e preciosidade. Ela pagou vinte e um dólares pela joia. E correu de volta para casa com a corrente e os oitenta e sete centavos.

Com a corrente a prender o relógio, Jim poderia ver a hora a qualquer momento. Embora o relógio fosse tão bonito, nunca tivera uma corrente tão fina. Por vezes, ele o tirava do bolso e via a hora quando ninguém mais estava vendo.

Quando Della chegou em casa, sua mente se tranquilizou um pouco. Ela começou a pensar mais nitidamente. Começou a tentar cobrir as tristes marcas do que fizera. O amor e a generosidade, quando somados, podem deixar marcas profundas. Nunca é fácil cobrir essas marcas – caros amigos –, nunca é fácil.

Em quarenta minutos, sua cabeça já tinha uma aparência melhor. Com os cabelos curtos, ela parecia um belo menino de escola. Ela se olhou no espelho por um longo tempo.

– Se Jim não me matar – disse a si mesma – antes que olhe para mim pela segunda vez, ele dirá que eu pareço uma menina moderna, dessas que cantam e dançam por aí. Mas o que é que eu podia fazer? Ah! O que eu podia fazer com um dólar e oitenta e sete centavos?

Às sete horas, o jantar de Jim estava pronto.

Jim nunca se atrasava. Della segurou a corrente nas mãos e sentou-se perto da porta pela qual ele sempre entrava. Nisso, ela ouviu seus passos no corredor, e seu rosto empalideceu por um momento. Ela sempre rezava em voz baixa, pedindo as coisas simples de todos os dias. E agora ela disse: "Por favor, meu Deus, faça com que ele me ache bonita!".

A porta se abriu, e Jim entrou em casa. Ele estava tão quieto que parecia à espreita de algo. Seus olhos fitaram Della com estranhamento, havia neles uma expressão que ela não conseguia compreender. O olhar a encheu de temor. Não era raiva, não era surpresa, nada que ela estivesse pronta para enfrentar. Ele simplesmente a fitou com uma estranha expressão na face.

Della aproximou-se do marido.

– Jim, querido – ela gritou –, não olhe assim para mim. Eu cortei meu cabelo e o vendi. Eu não queria passar o Natal sem lhe dar um presente. Meu cabelo vai crescer novamente. Você não se importa, não é mesmo? Meu cabelo cresce muito rápido. É Natal, Jim. Vamos festejar. Você nem imagina que belo presente eu comprei para você!

– Você cortou os cabelos? – indagou Jim. Ele parecia se esforçar para entender o que havia acontecido. Não parecia conseguir entender.

– Eu cortei os cabelos e os vendi – disse Della. – Você não gosta mais de mim agora? Sou eu, Jim. Sou a mesma sem os cabelos.

Jim olhou ao seu redor.

– Não me diga que você não tem mais os cabelos – disse ele.

– Não adianta procurá-los aqui – falou Della –, eu lhe disse, eu os vendi. Hoje é véspera de Natal, querido. Seja carinhoso comigo, eu os vendi por você. Talvez os cabelos de minha cabeça tenham um preço – ela disse –, mas ninguém pode calcular o tamanho de meu amor por você. Vamos jantar, Jim?

Jim abraçou Della. Agora, por dez segundos, vamos olhar em outra direção. Oito dólares por semana ou um milhão de dólares ao ano – qual é a diferença? Pode ser que inventem uma resposta, mas estará errada. Os magos trouxeram presentes valiosos, mas isso não estava entre as dádivas. Logo explicarei o que desejo dizer.

De dentro do bolso do casaco, Jim retirou algo embrulhado em papel de presente. Ele jogou o objeto sobre a mesa.

– Eu quero que você me entenda, Della – disse ele. – Um corte de cabelo jamais diminuiria meu amor por você. Mas, se você abrir o presente, vai compreender como me senti quando entrei em casa.

Os dedos pálidos abriram o presente. E então um grito de alegria, e depois vieram as lágrimas.

Pois lá estava A Presilha – a mesma presilha que Della tinha visto numa vitrine e pela qual tinha se apaixonado havia muito tempo. Era uma presilha perfeita, cravejada de joias, perfeita para seus belos cabelos. Ela sabia que o preço era alto demais. Ela havia se encantado com a presilha sem a menor esperança de possuí-la um dia. E agora a presilha lhe pertencia, mas os cabelos não mais.

Ela levou o presente até a altura do coração e finalmente conseguiu erguer os olhos e dizer:

– Meu cabelo cresce muito rápido, Jim!

Depois deu um salto e gritou:

– Ah, não!

Jim ainda não vira seu belo presente. Ela lhe entregou em mãos. O dourado da corrente agora parecia brilhar suavemente como se espelhasse seu amor e carinho.

Jim sentou-se e sorriu.

– Della – disse ele –, vamos deixar nossos presentes de Natal de lado e guardá-los por um tempo. Eles são muito bonitos, mas não para esse momento. Eu vendi o relógio para ter dinheiro suficiente para comprar sua presilha. E agora, vamos comer a ceia.

Os magos, vocês sabem, foram os sábios de profundo conhecimento que levaram presentes ao Menino Jesus. Eles foram os primeiros no mundo a dar presentes de Natal. Sendo sábios, seus presentes eram certamente símbolos de saber. E aqui eu lhes contei a história de dois jovens que não eram sábios. Cada um deles vendeu aquilo que lhe era mais precioso para comprar um presente ao outro. Mas quero dizer uma palavra aos sábios dos dias de hoje. Em todos aqueles que dão e recebem presentes, como esses jovens, reside a maior sabedoria. Os sábios estão por toda a parte. Eles são magos.

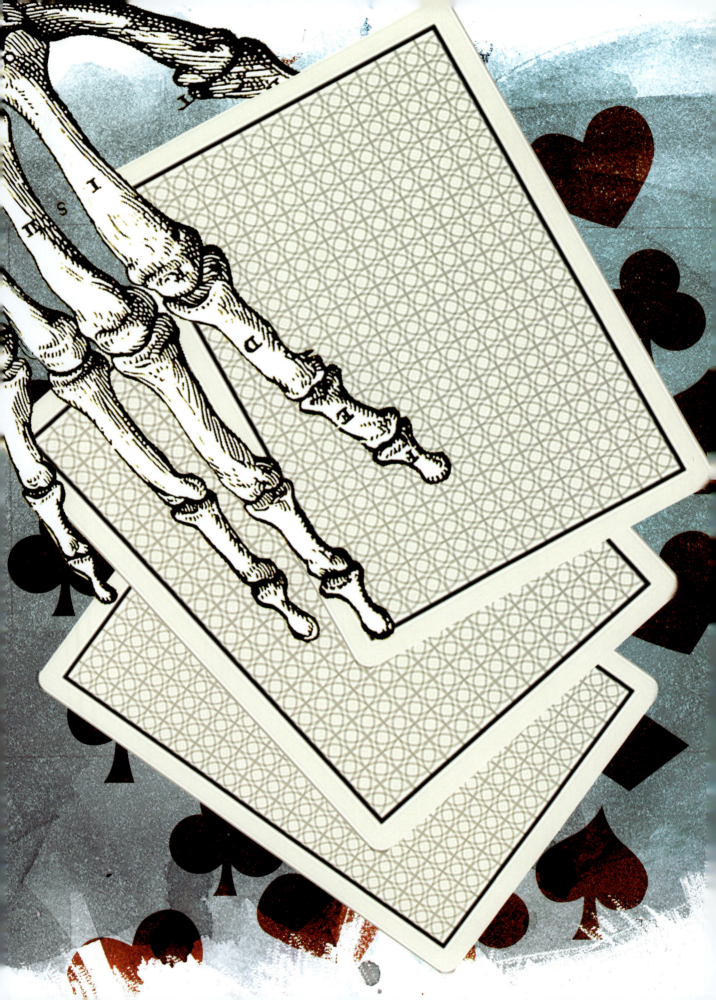

A dama de espadas

I

*Dias de intempérie
juntam-se em série
com frequência;
curvos: truco ladrão!
Deus dê-lhes o perdão
e a clemência;
uns apostam x
outros ganham y
e marca-se com giz.
Dias de intempérie,
eles inserem-se
pelo salão.*

O carteado acontecia nas salas da casa de Narumov, um oficial do Exército. A longa noite de inverno passou despercebida e já eram quatro da manhã quando os jogadores se sentaram para jantar. Os vencedores apreciaram a comida, os outros permaneceram sentados e distraídos diante de pratos vazios. Mas, quando surgiu o champanhe, a conversa ficou mais animada de um modo geral.

– Como você se saiu, Surin? – indagou Narumov.

– Ah, perdi, como sempre. Devo confessar que não tenho sorte; sigo as regras básicas, nunca fico animado, nunca perco a cabeça; mesmo assim, nunca ganho o jogo.

– Você está querendo me dizer que nunca ficou tentado a voltar para o vermelho durante a noite toda? Seu autocontrole me surpreende.

– Mas observe o Hermann – exclamou um dos jogadores, apontando para um jovem oficial da equipe de Engenheiros. – Nunca segura as cartas, nunca faz apostas e, mesmo assim, fica até as cinco da manhã nos vendo jogar.

– As cartas me interessam muito – disse Hermann –, mas não estou em posição de arriscar o necessário na esperança de conseguir o supérfluo.

– Hermann é alemão: ele é cauteloso, é isso que ele é – comentou Tomsky. – Mas, se existe alguém que não consigo compreender, é minha avó, a Condessa Anna Fedotovna.

– Como assim? – os convidados gritaram.

– Certamente, não pode haver nada surpreendente no fato de uma senhora de 80 anos recusar-se a jogar, certo? – disse Narumov.

– Então, você não sabe o que aconteceu com ela?

– Não, nada, não sei de coisa alguma, absolutamente!

– Então, escute só. Preciso contar que, há 60 anos, minha avó foi até Paris e causou muito tumulto. As pessoas corriam atrás dela apenas para dar uma olhada na Vênus Moscovita; Richelieu estava caído aos seus pés, vovó afirma que ele quase estourou os miolos porque ela o tratou cruelmente. Naqueles tempos, as senhoras costumavam jogar faro. Certa noite, na Corte, ela perdeu uma quantia considerável para o Duque de Orleans. Quando chegou em casa, ela contou ao meu avô sobre a perda, enquanto removia a maquiagem e vestia a camisola, para então ordenar-lhe que pagasse a dívida. Meu avô, até onde me lembro, atuou como uma espécie de major com relação a minha avó. Ele a temia ferozmente; contudo, ao ouvir que ela sofrera uma perda financeira tão assustadora no jogo de azar, ele quase enlouqueceu, solicitou as dívidas contraídas e lhe mostrou que, em seis meses passados em Paris, havia gasto um milhão de rublos, sendo que, na França, eles não tinham como sacar de seu espólio, e se recusou a pagar, peremptoriamente. Vovó lhe aplicou um tapa na orelha e foi dormir sozinha, sinalizando seu desgosto. Na manhã seguinte, ela mandou chamar o marido, na esperança de que a punição tivesse surtido efeito, mas ela o encontrou mais determinado do que nunca. Pela primeira vez na vida, ela tentou argumentar com ele, explicando a situação, imaginando que o faria mais consciente, afirmando que havia diversos tipos de dívidas e que um príncipe era diferente de um cocheiro. Mas de nada adiantou – vovô não concordou com nada disso. "Não, de uma vez por todas!" Vovó não sabia mais o que fazer. Entre seus conhecidos, havia um senhor muito notável. Você já ouviu falar do Conde de Saint-Germain, sobre quem se contam tantas histórias maravilhosas. Você sabe que ele posava de Judeu Errante e afirmava ter descoberto o elixir da vida e a pedra filosofal, e daí por diante. As pessoas caçoavam dele, dizendo que era um charlatão, e Casanova, em suas memórias, afirma que ele era um espião. Seja como for, Saint-Germain, apesar do mistério que o cercava, tinha uma aparência muito distinta e era bastante simpático e apreciado em sociedade. Até hoje vovó cultiva sua memória e fica brava quando alguém fala dele de modo desrespeitoso. Vovó sabia que Saint-Germain tinha muitos recursos financeiros. Decidiu apelar para ele e escreveu um bilhete, pedindo que viesse vê-la imediatamente. O excêntrico cavalheiro veio rapidamente e a encontrou terrivelmente desesperada. Ela descreveu, da maneira mais trágica possível, a falta de humanidade do marido, terminando por declarar que sua última esperança era poder contar com sua amizade e gentileza. Saint-Germain ponderou: "Eu poderia oferecer-lhe a soma que quer", disse ele, "mas sei que não seria fácil devolvê-la e não gostaria de envolvê-la em novos problemas. Há outra saída – você pode ganhar o dinheiro de volta".

– Mas, meu caro conde – respondeu vovó. – Estou lhe dizendo que não tenho dinheiro algum.

– Isso não interessa – replicou Saint-Germain. – Escute só o que vou lhe dizer.

E ele lhe revelou um segredo que todos nós daríamos tudo para descobrir...

Os jovens jogadores ficaram duplamente atentos. Tomsky acendeu seu cachimbo, soltou uma baforada de fumaça e prosseguiu.

– Naquela mesma noite, vovó apareceu em Versalhes, no jogo da rainha. O Duque de Orleans fez as vezes de banca. Vovó desculpou-se rapidamente por não ter trazido consigo o pagamento da dívida, inventando uma história para se explicar, e começou a jogar contra ele. Vovó selecionou três cartas e as apostou uma depois da outra: as três venceram, e vovó recuperou-se totalmente de sua perda.

– Que sorte! – disse um dos jogadores.

– Um conto de fadas! – comentou Hermann.

– Talvez fossem cartas marcadas – disse um terceiro.

– Não acredito nisso – replicou Tomsky de forma impressionante.

– O quê! – disse Narumov. – Você tem uma avó que sabe como acertar três cartas da sorte em sequência e ainda não aprendeu o segredo com ela?

– Este é ponto da questão! – replicou Tomsky. – Ela tinha quatro filhos, um deles era o meu pai, todos os quatro eram jogadores contumazes e, no entanto, ela não revelou seu segredo a nenhum deles, tampouco a mim. Mas ouçam o que meu tio, Conde Ivan Ilyich costumava dizer, dando-me sua palavra de honra como garantia de que era verdade. Tchaplisky – vocês o conhecem, morreu na pobreza depois de torrar milhões – na juventude perdeu trezentos mil rublos para Zorich, se é que me lembro bem. Ele estava em desespero. Vovó sempre foi muito severa com as loucuras dos jovens, mas, de algum modo, ela sentiu pena de Tchaplisky. Ela lhe deu as três cartas que jogara em sequência, ao mesmo tempo em que arrancou dele a promessa de que jamais voltaria a tocar numa carta enquanto vivesse. Tchaplisky apostou cinquenta mil na primeira carta e ganhou, dobrou a aposta e venceu, fez o mesmo pela terceira vez e recuperou suas perdas, saindo com dinheiro no bolso... Mas, como eu disse, está na hora de ir para a cama; já são quinze para as seis da manhã.

E realmente o sol nascia. Os jovens esvaziaram suas taças e voltaram para suas casas.

II

> – *Il paraît que monsieur est décidément pour les suivantes!*
> – *Que voulez-vous, madame? Elles sont plus fraîches.**
>
> Fragmento de conversa
>
> (A conversa ocorreu entre o poeta Denis Davidov e a senhora Maria Naryshkin, a favorita de Alexandre I, tendo sido relatada a Pushkin por Davidov há anos. Cf. carta de Davidov a Pushkin com data de 4 de abril de 1834.)

A velha condessa estava sentada diante do espelho da penteadeira. Três criadas a cercavam. Uma criada segurava um pote de ruge, a outra uma caixa de grampos, e a terceira um chapéu alto com fitas vermelhas. A condessa não tinha a menor pretensão de embelezar-se – ela já perdera sua boa aparência há muito tempo –, mas ainda preservava os hábitos da juventude, seguindo estritamente a moda da década de 1870, e dedicava para arrumar-se o mesmo tempo de 60 anos antes. Uma jovem que ela trouxera consigo permanecia sentada, bordando ao lado da janela.

– Bom dia, *grand'maman*! – disse o jovem oficial, ao entrar no aposento. *Bonjour, mademoiselle Lise. Grand'maman*, quero lhe pedir um favor.

– O que deseja, Paul?

– Gostaria de apresentar-lhe um amigo e convidá-lo para o seu baile na sexta.

– Leve-o diretamente para o baile e me apresente o rapaz na ocasião. Você estava na casa da princesa ontem à noite?

– Claro que sim! E foi muito agradável: dançamos até cinco da manhã. Madame Yeletsky estava encantadora.

– Como assim, meu querido? O que há de encantador nela? Não chega nem aos pés de sua avó, a princesa Daria Petrovna. Aliás, imagino que a princesa Daria Petrovna tenha envelhecido bastante...

– O que a senhora quer dizer com envelhecido? – replicou Tomsky, distraidamente. – Ela já faleceu há sete anos!

---

* – Parece que o cavalheiro é decididamente a favor disso!
– O que deseja, senhora? Estão mais frescos.

A garota na janela levantou a cabeça e fez um sinal para o jovem. Ele se lembrou que eles ocultavam os falecimentos dos contemporâneos da senhora condessa e mordeu o lábio. Mas ela ouviu a notícia com a maior indiferença.

– Faleceu! Eu não sabia – disse ela. – Fomos damas de honra juntas, quando fomos apresentadas à imperatriz.

E, pela centésima vez, a condessa repetiu a história a seu neto.

– Bem, Paul – disse ela no final –, agora me ajude a levantar. Lise, onde está minha caixa de rapé?

E a condessa caminhou com suas criadas para trás do biombo a fim de terminar de se vestir. Tomsky foi deixado a sós com a jovem.

– Quem você quer apresentar? – Lizaveta Ivanovna perguntou suavemente.

– Narumov. Você o conhece?

– Não. Ele está no Exército?

– Sim.

– Entre os engenheiros?

– Não, na Guarda Montada. O que a fez pensar que ele era engenheiro?

A garota riu e não deu resposta.

– Paul! – chamou a condessa detrás do biombo. – Envie um novo romance para que eu leia, mas me poupe desses modernos.

– Como assim, *grand'maman*?

– Quero um livro no qual o herói não estrangule o pai ou a mãe, e que não tenha cadáveres afogados. Tenho horror à gente afogada.

– Não existem romances assim nos dias de hoje. A senhora gostaria de ler em russo?

– Existem romances russos? Envie algo para mim, meu querido amigo, por favor!

– Desculpe, *grand'maman*: preciso me apressar... Até logo, Lizaveta Ivanovna! O que a fez pensar que Narumov era oficial engenheiro?

E Tomsky saiu do aposento.

Lizaveta Ivanovna ficou sozinha. Abandonou o bordado e olhou pela janela. Logo depois, do canto de uma casa do outro lado da rua, surgiu um jovem oficial. O rosto dela enrubesceu; ela voltou a bordar, inclinando a cabeça sobre o bastidor. Naquele momento, a condessa entrou, já arrumada.

– Chame a carruagem, Lise – disse ela –, vamos dar uma volta.

Lizaveta Ivanovna deixou de lado o bastidor, interrompendo seu trabalho.

– O que está acontecendo com você, minha criança, você está surda? – gritou a condessa. – Ande, chame a carruagem.

– Farei isso imediatamente – respondeu a jovem suavemente e correu até a antessala.

Um criado entrou e entregou à condessa um pacote de livro enviado pelo príncipe Paul Alesandrovich.

– Bom! Diga-lhe que estou muito agradecida – disse a condessa. Lise, Lise, onde é que você foi?

– Fui me vestir.

– Temos muito tempo, minha querida. Sente-se aqui. Abra o primeiro volume e leia para mim.

A garota pegou o livro e leu algumas poucas linhas.

– Mais alto! – disse a condessa. – O que está acontecendo com você, minha querida? Você perdeu a voz, por acaso? Espere um minuto... Puxe aquele banquinho. Um pouco mais para perto. Assim!

Lizaveta Ivanovna leu mais duas páginas. A condessa bocejou.

– Jogue fora esse livro – disse ela. – Quanta bobagem! Envie de volta ao príncipe Paul com meus agradecimentos... E a carruagem?

– A carruagem já está pronta – disse Lizaveta Ivanovna, lançando um olhar em direção à rua.

– Por que você ainda não se vestiu? – indagou a condessa. – Você sempre deixa as pessoas esperando. Realmente, é intolerável.

Lise correu até seu quarto. Dois minutos mal tinham se passado antes que a condessa começasse a tocar a campainha com toda a força. Três criadas entraram correndo por uma porta e um valete surgiu na outra.

– Por que é que vocês não vêm quando são chamados? – disse-lhes a condessa. – Digam a Lizaveta Ivanovna que estou esperando.

Lizaveta Ivanovna regressou, já de chapéu e uma capa de peliça.

– Finalmente, minha querida! – disse a condessa. – Por que tanta elegância? Para quê? Por causa de quem? E como está o tempo lá fora? Ventando, não é mesmo?

– Não, minha senhora – respondeu o valete –, não está ventando de jeito nenhum.

– Você diz a primeira coisa que passa na sua cabeça! Abra a janela. É exatamente como eu pensei: venta, e faz frio também! Cancele a carruagem. Lise, minha menina, não vamos mais sair. Você não precisava ter se arrumado, no final.

– Ah, essa é minha vida! – Lizaveta Ivanovna pensou.

Realmente, Lizaveta Ivanovna era uma criatura sem sorte. "Pão dos outros não tem bom gosto", disse Dante, e sua escada é difícil de subir,* e quem saberia da amargura da dependência mais do que uma pobre órfã criada por uma velha dama da nobreza? A condessa certamente não tinha mau coração, mas ela apresentava todos os caprichos de uma mulher mimada pela sociedade, sendo venenosa e friamente egoísta, como todas as pessoas idosas que já perderam o amor e vivem fora de contato com a vida ao seu redor. Ela tomou parte em todas as veleidades do mundo da moda, arrastou-se pelos bailes, nos quais ficava sentada nos cantos, maquiada, trajando roupas fora de moda, como se fosse um enfeite desajeitado, mas indispensável no salão de baile. Ao chegar, os convidados se aproximavam dela e a cumprimentavam com deferência, como se cumprissem um rito antigo, e depois ninguém mais lhe dava atenção. Ela recebia a cidade inteira em sua casa, observando a mais estrita etiqueta e sem reconhecer o rosto de nenhum dos convidados.

Seus numerosos criados engordaram e envelheceram na entrada do saguão e dos aposentos das damas, fazendo o que quisessem, encobertando uns aos outros ao roubar a mulher decrépita. Lizaveta Ivanovna era a mártir da casa. Ela servia chá e levava bronca por colocar muito açúcar, ela lia romances em voz alta para a condessa e era culpada por todos os erros do autor; ela acompanhava a condessa em suas viagens e era responsabilizada pelo mau tempo ou péssimo estado das estradas. Ela deveria receber um salário, que jamais era completamente pago, no entanto, esperava-se que se vestisse tão bem quanto todos os outros – isto é, como poucos, realmente. Diante da sociedade, ela representava um papel lamentável. Todos a conheciam e ninguém lhe dava a menor importância. Nos bailes, ela só

---

* *La divina commedia*, Il paradiso, canto XVII: "Tu poverai sí come sa disale / Il pane altrui e come è duro calle / Lo scendere e'l salir per l'altrui scale".

dançava quando alguém se via sem parceira e as damas a tomavam pelo braço sempre que queriam ir ao quarto de vestir para se arrumar e mudar algum detalhe de seus trajes. Ela era sensível e sofria profundamente com sua posição, procurando impacientemente por alguém que a libertasse; mas os jovens, calculando com sua cabeça vazia e frívola, não lhe davam quase atenção, embora Lizaveta Ivanovna fosse centenas de vezes mais charmosa do que as frias e insípidas que eles perseguiam. Várias vezes ela se esgueirou para fora da tediosa e cintilante sala de estar, para chorar em seu pequeno sótão, com seu papel de parede, armário e pequeno espelho e mesinha de cabeceira sobre a qual havia uma vela acesa num candelabro de latão.

Certa manhã, dois dias após o carteado descrito no começo desta história e uma semana antes da cena que acabamos de testemunhar – certa manhã, Lizaveta Ivanovna, sentada diante do bastidor perto da janela, por acaso, olhou para a rua e avistou o jovem oficial engenheiro parado de pé, a observar sua janela. Ela abaixou a cabeça e prosseguiu com seu trabalho. Cinco minutos mais tarde, olhou para fora novamente – o jovem ainda permanecia no mesmo lugar. Sem ter o hábito de flertar com os oficiais de passagem, ela não olhou mais para fora e seguiu bordando por mais duas horas sem erguer a cabeça. O almoço foi anunciado. Ela se levantou e deixou de lado o bordado. Ao lançar um olhar casual em direção à rua, novamente viu o oficial. Isso lhe pareceu um tanto estranho. Depois do almoço, foi até a janela com uma sensação de nervosismo, mas o oficial já não se encontrava ali, e ela se esqueceu dele...

Um dia ou dois dias depois, quando ela descia da carruagem da condessa, viu-o novamente. Ele estava de pé, bem diante da porta da frente, o rosto oculto por um chapéu felpudo, os olhos escuros brilhando debaixo dele. Lizaveta Ivanovna sentiu-se alarmada, embora não soubesse por quê, e se sentou na carruagem, inexplicavelmente agitada.

Ao voltar para casa, correu até a janela – o oficial estava sentado no lugar habitual, os olhos fixos nela. A jovem deu um passo para trás, consumida pela curiosidade e animada por um sentimento que era muito novo.

Desde então, não se passou um dia sem que o jovem aparecesse a uma certa hora debaixo da janela de sua casa, e uma espécie de entendimento mudo e mútuo se estabelecesse. Sentada para bordar, ela sentia a aproximação dele e erguia a cabeça para fitá-lo cada vez mais longamente a cada dia. O jovem parecia muito grato pelo olhar dela: com a astuta visão da juventude, ela via o rápido enrubescer de suas faces pálidas cada vez que seus olhos se encontravam. No final da semana, ela lhe sorriu...

Quando Tomsky pediu a permissão da condessa para introduzir um amigo, o coração da pobre menina disparou violentamente. Mas, ao ouvir que Narumov estava na Guarda Montada, e não entre os engenheiros, ela se arrependeu da pergunta indiscreta pela qual traíra seu segredo para o irresponsável Tomsky.

Hermann era filho de um alemão que se estabelecera na Rússia e que lhe deixara uma soma razoável. Estando firmemente convencido de que a herança era essencial para garantir sua independência, Hermann não tocava sequer nos juros da aplicação do valor, vivendo dentro de um orçamento muito restrito, sem se permitir a menor extravagância. Porém, como fosse reservado e ambicioso, suas companhias raramente tinham oportunidade de caçoar de sua extrema contenção. Ele tinha fortes paixões e ardente imaginação, mas a força de seu caráter o preservava de cometer os erros típicos da juventude. Portanto, por exemplo, embora tivesse o coração de um jogador, ele jamais tocava as cartas, tendo decidido que suas posses não permitiriam (assim ele dizia) que arriscasse o que lhe era necessário na esperança de adquirir o supérfluo. E, no entanto, passava noite após noite nas mesas de jogo, observando, com febril ansiedade, as vicissitudes do carteado.

A história das três cartas deixara uma poderosa impressão em sua imaginação e assombrou sua mente durante a noite inteira. "Imagine", ele pensou na noite seguinte, ao perambular em Petersburgo, "imagine se a velha condessa revelasse seu segredo a mim? Ou me contasse sobre as três cartas vencedoras? Por que eu não deveria tentar a sorte? Ser apresentado a ela, conquistar sua confiança, talvez me tornar seu amante. Mas isso tudo levaria tempo e a senhora já tem 87 anos. Ela pode falecer na semana seguinte, ou até mesmo depois de amanhã! E a história em si? Será que é verdadeira? Não, economia, moderação e trabalho duro são as minhas cartas vencedoras. Com elas posso triplicar meu capital – aumentá-lo em até sete vezes e conquistar tempo de lazer e independência pessoal". Pensando assim, ele se viu caminhando numa das principais ruas de Petersburgo, diante de uma casa de arquitetura antiga. A rua tinha uma fila de carruagens que se alinhavam até a varanda iluminada. Saindo da carruagem, ele viu o formoso pé de uma jovem beldade, depois uma bota militar com esporas, as meias listradas de um diplomata e sapatos com fivelas. Casacos e mantos de pele passavam numa rápida procissão diante de um mordomo de aparência majestosa. Hermann ficou parado.

– De quem é essa casa? – ele indagou a um vigia dentro da cabine da esquina.

– Da condessa X – o homem lhe disse. Era a avó de Tomsky.

Hermann teve um sobressalto. A estranha história das três cartas voltou a sua mente. Ele começou a andar diante da casa, pensando em sua proprietária e seu maravilhoso segredo. Estava tarde quando regressou aos seus austeros aposentos. Ele levou muito tempo para adormecer e, quando dormiu, sonhou com cartas, uma mesa de jogo de veludo verde, pilhas de notas de dinheiro e lingotes de ouro. Ao despertar, tarde da manhã, ele suspirou pensando na perda de sua fantástica riqueza e, depois, saiu novamente a perambular pela cidade, finalmente se encontrando outra vez diante da casa da condessa. Era como se forças sobrenaturais o atraíssem até lá. Ele se deteve e olhou para uma janela. Numa delas, avistou uma cabeça de cabelos escuros inclinada sobre um livro ou, talvez, um bordado. A cabeça levantou-se. Hermann avistou uma face rosada e um par de olhos negros. Aquele momento decidiu seu destino.

III

*Vous m'écrivez mon ange, des lettres de quatre pages plus vite que je ne puis lês lire.**

Fragmento de correspondência

Lizaveta Ivanovna mal havia tirado o chapéu e o manto, e a condessa já a solicitava e novamente pedia pela carruagem. Elas saíram e tomaram seus assentos. No momento em que os dois valetes ajudavam a velha senhora a entrar pela porta da carruagem, Lizaveta Ivanovna viu seu oficial engenheiro de pé, ao lado da roda. Ele agarrou sua mão; antes que ela se recuperasse do

---

* Tu escreves-me, meu anjo, cartas de quatro páginas mais depressa do que eu as consigo ler.

susto, o jovem desapareceu, deixando uma carta entre os dedos dela. A jovem escondeu a carta dentro da luva e, durante o resto da jornada, não viu ou ouviu nada. A condessa tinha o hábito de fazer uma série de perguntas sempre que viajavam de carruagem: "Quem foi que encontramos?", "Que ponte é aquela?", "O que está escrito naquela placa?". Dessa vez, Lizaveta Ivanovna lhe deu respostas tão distraídas e irrelevantes que a condessa se irritou com ela.

– O que está acontecendo com você, minha querida? Você perdeu o sentido das coisas? Você não está me ouvindo ou não consegue entender o que digo? Estou falando claramente, ainda não fiquei caduca!

Lizaveta Ivanovna não lhe deu atenção. Quando voltaram para casa, ela correu até seu quarto e retirou a carta* de dentro da luva: não estava selada. A carta continha uma declaração de amor: era gentil, respeitosa e fora copiada, palavra por palavra, de um romance alemão. Mas Lizaveta Ivanovna não sabia falar alemão e ficou encantada com a carta.

Por todas essas razões, a carta a perturbou profundamente. Pela primeira vez na vida, ela embarcava em relações íntimas e secretas com um jovem. A ousadia dele a espantava. Ela se recriminava por seu comportamento imprudente e não sabia o que fazer: será que devia desistir de sentar-se à janela, como forma de demonstrar indiferença, a fim de refrear a tendência do jovem a persegui-la ainda mais? Será que deveria devolver-lhe a carta? Ela não tinha ninguém para aconselhá-la, nenhuma amiga ou preceptora. Lizaveta Ivanovna decidiu responder à carta.

Sentou-se em sua pequena escrivaninha, pegou a caneta, o papel – e começou a ponderar. Por diversas vezes, começou a escrever e depois rasgou o papel: o que tinha escrito lhe parecia demasiado indulgente ou ríspido. No final, conseguiu compor algumas poucas linhas que a deixaram satisfeita. "Tenho certeza", ela escreveu, "de que suas intenções são honradas e de que o senhor não deseja ferir meus sentimentos por meio de uma conduta impensada. Respondo à sua carta na esperança de que, no futuro, não terei razão para me queixar de ter sido tratada de modo injustamente desrespeitoso".

No dia seguinte, assim que viu Hermann se aproximar, Lizaveta Ivanovna saiu de perto de seu bastidor, foi até a sala de estar, abriu uma

---

* Em 1829, Pushkin planejou um romance epistolar, no estilo de um antigo romance sentimental, e escreveu alguns trechos. O nome da heroína era Liza, o herói se chamava Hermann. Esse trabalho finalmente se desenvolveu até se transformar no texto "A rainha de espadas".

pequena janela de ventilação e jogou a carta na rua, confiando na atenção alerta do jovem oficial. Hermann correu, apanhou a carta e foi até uma loja de roupas. Ao romper o selo do envelope, ele encontrou sua própria carta e a resposta de Lizaveta Ivanovna. Era exatamente o que ele esperava e voltou para casa com os pensamentos imersos em suas estratégias.

Três dias depois disso, uma jovem de olhos astutos entregou a Lizaveta Ivanovna um bilhete com o selo de uma loja de roupas. Lizaveta Ivanovna o abriu, nervosa, com medo de que fosse uma cobrança, e subitamente reconheceu a letra de Hermann.

– Você cometeu um engano, minha querida – ela disse. – Esse bilhete não é para mim.

– Ah, sim, é para você! – respondeu a menina atrevidamente, sem sequer se dar ao trabalho de ocultar um sorriso de quem sabe das coisas. – Por favor, leia.

Lizaveta Ivanovna deu uma olhada na carta. Hermann pedia para encontrar-se com ela.

– Impossível! – ela gritou, alarmada com o pedido, com a maneira pela qual ele chegara e porque achava cedo demais.

– Tenho certeza de que esta carta não foi endereçada a mim.

E ela picou a carta em pedaços.

– Se a carta não era para você, por que a destruiu? – disse a menina. – Eu a teria devolvido ao remetente.

– Tudo bem, querida – disse Lizaveta Ivanovna, enrubescendo diante do comentário –, não me traga mais cartas como esta. E diga a quem a enviou que ele deveria ter vergonha...

Mas Hermann não desistiu. Diariamente, Lizaveta Ivanovna recebia uma carta dele, de um jeito ou de outro. Elas já não eram traduzidas do alemão. Hermann as redigia inspirado pela paixão num estilo bem próprio: elas refletiam seu desejo inexorável e a perturbação de sua imaginação desenfreada. Lizaveta Ivanovna não mais pensava em devolvê-las: ela sorvia as palavras ansiosamente e respondia – e os bilhetes enviados por ela se tornavam cada vez mais longos e afetuosos a cada hora que se passava. Finalmente, ela atirou pela janela a seguinte carta:

> Haverá um baile na Embaixada. A condessa estará presente. Ela ficará até por volta das duas horas. Será a oportunidade de me ver a sós. Assim que a condessa

tiver saído, os criados irão para seus aposentos, deixando apenas o mordomo no salão, mas ele geralmente se recolhe. Venha às onze e meia. Vá direto para as escadas. Se você encontrar alguém na antessala, pergunte se a condessa está em casa. Eles dirão que não, nesse caso, não haverá o que fazer e você terá que ir embora. Mas é provável que não encontre ninguém. As criadas dormem juntas num só cômodo. Vire à esquerda da antessala e prossiga até chegar ao quarto da condessa. Nesse aposento, atrás de um biombo, você encontrará duas portas pequenas: a da direita leva ao estúdio onde a condessa nunca entra, e a da esquerda abre para uma passagem estreita, que acaba numa escada que dá para o meu quarto.

Hermann chegou na hora marcada, como um tigre à espreita da presa. Por volta das dez da noite, lá estava ele de pé, do lado de fora da casa da condessa. Era uma noite assustadora: o vento uivava, flocos de neve úmida caíam; na rua, as lamparinas ardiam um fogo tosco; as ruas estavam desertas. De vez em quando, um trenó conduzido por um melancólico pangaré passava, o cocheiro em busca de um viajante tardio. Hermann ficou ali, sem casaco, sem sentir o frio da neve. Finalmente, a carruagem da condessa surgiu. Hermann viu a velha senhora envolta em zibelinas, saindo da carruagem com a ajuda de dois valetes; então, Lise, trajando um casaco leve, com flores naturais nos cabelos, desceu esvoaçante. A porta da carruagem bateu. O veículo rolou lentamente sobre a neve úmida. O mordomo fechou a porta da frente. As luzes da rua se apagaram. Hermann começou a andar de um lado para o outro do lado de fora da casa deserta. Dirigiu-se até uma luminária da rua e olhou para o relógio: eram onze e vinte. Parou ao lado do poste, os olhos fixos no relógio. Exatamente às onze e meia, Hermann subiu as escadas da casa e entrou no vestíbulo bem iluminado. O mordomo não estava ali. Hermann subiu as escadas correndo, abriu a porta da antessala e viu um valete adormecido numa poltrona usada, antiquada, ao lado de uma lamparina. Com o passo leve e firme, passou rapidamente ao lado dele. O salão de festas e a sala de estar estavam de luzes apagadas, mas a lâmpada na antessala emitia uma luminosidade que os iluminava um pouco. Antigos ícones enchiam de enfeites a prateleira diante da qual queimava uma lamparina dourada. Poltronas estofadas com um tom desbotado de damasco e sofás com almofadas, cujas borlas tinham perdido o brilho dourado, estavam dispostos com deprimente simetria ao longo das paredes cobertas por papel de estampas chinesas. Sobre uma parede, havia dois quadros pintados por Madame Lebrun, em Paris: o primeiro exibia a face de um senhor robusto, com cerca de 40 anos, usando um uniforme verde claro com uma estrela no peito; o outro, uma jovem com nariz aquilino e uma rosa no cabelo empoado, penteado para trás. Cada canto estava entulhado de pastoras de porcelana, relógios confeccionados pelo célebre Leroy, caixinhas, roletas, leques e milhares de brinquedinhos inventados para as damas da moda no final do século XVIII, juntamente com o balão de Mongolfier e o magnetismo de Mesmer. Hermann escondeu-se atrás do biombo. Uma armação de cama feita de ferro se encontrava ali, à direita estava a porta do estúdio, à esquerda, a outra porta para a passagem. Hermann a abriu e viu a estreita e tortuosa escadinha conduzindo ao quarto de Liza. Mas virou-se e adentrou o estúdio escuro.

O tempo passou lentamente. Tudo estava quieto. O relógio da sala de estar bateu doze badaladas; os relógios dos outros aposentos ecoaram os toques doze vezes, um após o outro, e depois a imobilidade voltou a reinar. Hermann ficou parado, inclinado sobre um aquecedor frio. Ele estava bem tranquilo: o coração batia regularmente, como o de um homem decidido a tomar uma atitude perigosa, porém inevitável. Os relógios bateram uma hora da manhã, depois duas, e ele ouviu o ruído distante de uma carruagem. Apesar de si mesmo, ele acabou sendo dominado por uma agitação. A carruagem aproximou-se da casa e parou. Ele ouviu o estalar da escadaria do veículo quando a baixaram. Na casa, tudo virou uma comoção. Empregados correndo de um lado para o outro, uma confusão de vozes e luzes surgindo por toda a parte. Três antigas criadas da senhora invadiram o quarto, seguidas pela condessa que, meio morta de fadiga, afundou-se numa poltrona estilo Voltaire. Hermann espiava pelos vãos da porta. Lizaveta Ivanovna passou perto e ele ouviu seus passos apressados em direção ao seu quarto. Por um momento, um profundo remorso o assaltou, mas ele rapidamente endureceu outra vez o coração.

A condessa começou a despir-se diante do espelho. Suas empregadas tiraram de sua cabeça grisalha, de cabelos curtos, o chapéu enfeitado de rosas e a peruca empoada. Alfinetes foram retirados de sua roupa. O vestido amarelo, com barra prateada, caiu sobre seus pés inchados. Hermann testemunhou os horrendos mistérios de sua toalete. Finalmente, a condessa vestiu sua camisola e touca e, nesses trajes, mais adequados a sua idade, deu a impressão de ser menos horrível e feia.

Como a maior parte das pessoas idosas, a condessa sofria de insônia. Depois de vestir a camisola, ela se sentou na ampla poltrona ao lado da janela e dispensou as criadas. Elas levaram os candelabros, deixando apenas uma lamparina acesa diante dos ícones para iluminar o aposento. A condessa sentou-se ali, a pele pálida, envelhecida, os lábios flácidos retorcidos, o corpo a balançar para frente e para trás. Seus olhos opacos pareciam completamente vazios. Quem a visse poderia imaginar que a terrível velha estivesse balançando o corpo não porque quisesse, mas em razão de algum mecanismo galvânico secreto.

Subitamente, uma mudança inexplicável aconteceu em sua face mortiça. Os lábios pararam de se mover, os olhos brilharam: diante da condessa, estava um estranho jovem.

– Não tenha medo, pelo amor de Deus, não fique assustada! – disse ele, num tom baixo e nítido. – Não tenho intenção de fazer nada de mal, eu só vim lhe pedir um grande favor.

A velha senhora o fitou em silêncio, como se não tivesse ouvido nada. Hermann pensou que ela fosse surda e inclinou-se para lhe falar no ouvido. Repetiu as mesmas palavras. A senhora permaneceu no mesmo silêncio.

– A senhora pode garantir a felicidade para toda minha vida – continuou dizendo Hermann – e sem custo algum. Eu sei que a senhora pode dizer a sequência de três cartas...

Hermann calou-se. A condessa deu a impressão de ter compreendido o que ele queria e de estar à procura de palavras para produzir sua resposta.

– Era uma piada – ela disse finalmente – eu juro para você que era uma piada.

– Não, senhora – Hermann respondeu irado. – Lembre-se de Tchaplisky, e como a senhora fez com que ele se recuperasse de suas perdas financeiras.

A condessa ficou nitidamente perturbada, seu rosto a expressar profunda agitação, mas logo voltou a sua maneira impassível de antes.

– A senhora não pode me dizer quais são as cartas vencedoras? – continuou dizendo Hermann.

A condessa não disse nada. Hermann continuou:

– Para quem a senhora quer revelar esse segredo? Vai guardar para os netos? Eles já são muito ricos, não apreciam o valor do dinheiro. Suas três cartas não vão ajudar um esbanjador. Uma pessoa que não cuida de sua herança morrerá mendiga, embora todos os demônios do mundo estejam sob seu comando. Não sou um esbanjador: eu conheço o valor do dinheiro. O segredo de suas três cartas não seria desperdiçado por mim. E então...?

Ele fez uma pausa, esperando febrilmente pela resposta dela. A senhora continuou em silêncio. Hermann caiu de joelhos.

– Se o seu coração jamais conheceu o que é o amor, se a senhora consegue recordar-se dos êxtases do amor, se já sorriu ternamente ao ouvir o choro de seu filho recém-nascido, se algum sentimento humano já tocou o seu peito, eu lhe imploro, como esposa, amada, mãe, eu lhe peço por tudo o que há de mais sagrado na vida, que não rejeite meu pedido: conte-me o segredo. Para que ele lhe serve? Talvez esteja atado a algum pecado terrível, à perda da salvação eterna, a alguma barganha com o diabo... Reflita: a senhora tem idade, não viverá por muito mais tempo, e eu estou pronto a assumir esse pecado com minha alma. Apenas revele-me o segredo. Lembre-se de que a felicidade de um homem está em suas mãos; não só isso, mas garanto que meus filhos e netos abençoarão sua memória como uma santa.

A senhora não respondeu nada.

Hermann ficou de pé.

– Sua velha bruxa! – disse ele, rangendo os dentes. – Então, eu vou obrigá-la a falar...

Com essas palavras, ele sacou uma pistola do bolso. Ao ver a arma, a condessa, pela segunda vez, deu sinal de agitação. Sua cabeça balançou, e ela ergueu a mão como se quisesse proteger-se do tiro. Nisso, caiu para trás... imóvel.

– Ande, pare com essa criancice! – disse Hermann, pegando-a pelo braço. – Vou lhe perguntar pela última vez: a senhora vai me revelar o segredo da sequência de três cartas? Sim ou não?

A condessa não respondeu. Hermann percebeu que ela estava morta.

IV

7 de maio de 18...
Homme sans moeurs et sans religion!*
De uma correspondência

---

* Homem sem moral e sem religião!

Lizaveta Ivanovna estava sentada em seu quarto, ainda com o vestido de baile, perdida em pensamentos. Ao voltar para casa, logo dispensou a criada sonolenta que relutantemente se oferecera para ajudá-la, dizendo que se trocaria sem ajuda e, com o coração trêmulo, a jovem foi até seu próprio quarto, esperando encontrar Hermann, mas na esperança de não achá-lo. Um rápido olhar a convenceu de que ele não estava lá e ela agradeceu ao destino por ter evitado esse encontro. Sentou-se sem trocar de traje e começou a relembrar todas as circunstâncias que a tinham levado tão longe em tão pouco tempo. Menos de três semanas tinham se passado desde que ela o avistara pela primeira vez do outro lado da janela; no entanto, agora mantinha correspondência com ele, que já conseguira induzi-la a concordar com um encontro noturno! Ela só sabia o nome dele porque ele assinara uma das cartas; nunca tinha falado com ele, não conhecia o som de sua voz, nunca ouvira falar dele... até aquela noite. Por incrível que pareça, naquela mesma noite do baile, Tomsky, irritado com a jovem princesa Pauline, por ela ter flertado com outra pessoa além dele, decidiu vingar-se demonstrando indiferença. Pediu a Lizaveta Ivanovna que fosse seu par e dançou a interminável mazurca com ela. Durante o tempo todo, ele a provocou, brincando sobre sua preferência por oficiais engenheiros, garantindo-lhe que ele sabia mais do que ela poderia imaginar, e alguns de seus irônicos comentários foram, por diversas vezes, tão pontuais, que Lizaveta Ivanovna achou que ele conhecia seu segredo.

– Quem foi que lhe contou tudo isso? – indagou ela, rindo.

– Um amigo de um conhecido – respondeu Tomsky. – Uma pessoa muito notável.

– E quem é esse homem notável?

– O nome dele é Hermann.

Lizaveta Ivanovna não disse nada, mas suas mãos e pés congelaram.

– Esse tal de Hermann – continuou Tomsky – é uma figura realmente romântica; ele tem o perfil de um Napoleão e a alma de um Mefistófeles. Acho que carrega ao menos três crimes na consciência. Como você parece pálida!

– Estou com uma dor de cabeça bem forte... Bem, e o que foi que esse tal de Hermann – ou como é mesmo o nome – lhe contou?

– Hermann está muito irritado com o amigo: ele diz que teria agido diferentemente no lugar dele... Suspeito do fato de que Hermann tenha planos particulares; de qualquer modo, ele ouviu as exclamações emocionadas do amigo com pura indiferença.

– Mas onde foi que ele me viu?

– Na igreja, talvez, ou quando você estava fazendo caminhadas... só Deus sabe! Talvez em seu próprio quarto, enquanto você dormia, pois não há nada que...

Três damas vieram convidar Tomsky para escolher entre *oublie ou regret?*.Interromperam a conversa tão dolorosamente interessante para Lizaveta Ivanovna.

A dama escolhida por Tomsky foi a própria princesa Pauline. Ela foi bem-sucedida em conseguir se conciliar com ele enquanto dançavam uma vez mais e giravam novamente antes que ela fosse conduzida a sua cadeira. Quando ele voltou ao seu lugar, nem Hermann nem Lizaveta Ivanovna estavam mais em seus pensamentos. Lizaveta ansiava por retomar a conversa interrompida, mas a mazurca terminou e, pouco depois, a velha condessa quis partir.

As palavras de Tomsky não passavam de conversinha de baile, mas calaram fundo no coração romântico da menina. O quadro pintado por Tomsky assemelhava-se à pintura que ela mesma tinha feito, e, graças aos romances daquela época, a figura costumeira do galã tanto a aterrorizava quanto fascinava. Ela ficou sentada ali, com os braços nus cruzados, e com a cabeça ainda enfeitada com flores afundada sobre o peito despido.

Subitamente, a porta se abriu e Hermann entrou... Ela estremeceu.

– Onde você estava? – indagou, sussurrando assustada.

– No quarto da velha condessa – respondeu Hermann. – Eu acabei de deixá-la. A condessa está morta.

– Deus tenha piedade de nós! O que você está me dizendo?

– E eu acho – acrescentou Hermann – que fui o causador da morte dela.

Lizaveta lançou-lhe um olhar e ouviu as palavras de Tomsky ecoando em sua alma: ele deve ter ao menos três crimes na consciência.

Hermann sentou-se perto da janela, ao lado dela, e relatou o acontecido.

Lizaveta o escutou tomada de espanto. Então, todas aquelas cartas apaixonadas, os pedidos ardentes, a abordagem atrevida e corajosa não haviam sido inspirados pelo amor! Dinheiro! Era isso que a alma dele tanto desejava! Não era ela que satisfaria seus desejos e lhe traria felicidade! Pobre menina, fora apenas o cego instrumento de um ladrão, o assassino de sua benfeitora idosa.

Chorou amargamente na vã agonia do arrependimento. Hermann a observou em silêncio: ele também estava atormentado, mas nem as lágrimas da pobre menina ou o indescritível charme de sua tristeza tocavam sua alma endurecida. Ele não sentia uma ponta de remorso ao pensar na senhora falecida. Apenas uma coisa o horrorizava: a perda irreparável do segredo que teria lhe proporcionado riqueza.

– Você é um monstro! – disse Lizaveta Ivanovna finalmente.

– Eu não queria que ela morresse – respondeu Hermann. – Minha pistola não estava carregada.

Ambos fizeram silêncio.

Amanheceu. Lizaveta Ivanovna apagou a vela que já tinha queimado quase até o fim. Uma pálida luz iluminava o recinto. Ela limpou os olhos manchados de lágrimas e olhou para Hermann: ele estava sentado no parapeito da janela, de braços cruzados, o rosto franzido e ameaçador. Sua postura o tornava incrivelmente semelhante ao retrato de Napoleão. A semelhança chamou a atenção até mesmo de Lizaveta Ivanovna.

– Como posso tirá-lo da casa? – ela disse finalmente. – Pensei que poderia levá-lo até a escada secreta, mas para isso teríamos que atravessar o quarto e tenho medo.

– Diga como faço para encontrar a escada secreta, irei sozinho.

Lizaveta levantou-se, pegou uma chave na cômoda e a entregou a Hermann, dando-lhe instruções precisas. Hermann beijou-lhe a mão fria e indiferente, beijou sua cabeça curvada e a deixou.

Ele desceu pela escada tortuosa e entrou novamente no quarto da condessa. A falecida estava sentada como se estivesse petrificada. Sua face exibia profunda tranquilidade. Hermann parou diante dela, tentando convencer-se da terrível verdade. Em seguida, foi até o estúdio, tocou a parede por trás da tapeçaria, procurando a porta, e começou a descer pela escada escura, animado por estranhas emoções.

"Talvez, 60 anos antes deste dia, nesta mesma hora", pensou, "algum jovem feliz – que já virou pó faz muito tempo – estivesse subindo por essa escadaria para ir até o mesmo quarto, vestindo uma túnica bordada, o cabelo penteado no estilo *pássaro da realeza*, apertando um chapéu de três pontas contra o peito, e hoje o coração de sua idosa amante parou de bater..."

No pé da escada, Hermann viu uma porta, que abriu com a mesma chave, e se viu atravessando a passagem que dava para a rua.

V

*Naquela noite, a falecida baronesa von W. surgiu diante de mim.
Ela estava toda de branco e disse: Como vai, senhor conselheiro?*

Swedenborg

Três dias depois da noite fatal, às nove horas da manhã em ponto, Hermann reapareceu no convento de..., onde aconteceram as últimas e respeitosas homenagens aos restos mortais da falecida condessa. Embora não sentisse remorso, ele não conseguia calar totalmente a voz da consciência, que ficava repetindo: "Você é o assassino de uma velha!". Sem fé religiosa, Hermann era excessivamente supersticioso. Acreditando que a velha condessa pudesse exercer uma influência maligna sobre sua vida, decidiu ir até o funeral para implorar e obter perdão.

A igreja estava cheia, Hermann sentiu dificuldade para atravessar a multidão. O caixão jazia sobre um rico cadafalso, sob uma tenda de veludo. A falecida estava deitada com as mãos cruzadas sobre o peito, com uma touca de seda e uma túnica de cetim branco. Ao lado do caixão, seus criados trajavam negro, com faixas armoriais sobre os ombros e velas acesas nas mãos; parentes em profundo luto – crianças, netos e bisnetos. Ninguém chorava: as lágrimas teriam sido *uma afetação*. A condessa era tão velha que sua morte não surpreendera ninguém, e fazia muito tempo que a família deixara de pensar nela como estando viva. Um pastor famoso fez a oração fúnebre. Com frases simples e tocantes, ele descreveu o pacífico falecimento daquela santa mulher, cuja longa vida fora uma preparação terna e tranquila para um fim cristão. "O anjo da morte", declarou, "encontrou-a em vigília e devota meditação, aguardando a chegada de seu esposo à meia-noite". A cerimônia foi concluída com melancólico decoro. Primeiro, os parentes adiantaram-se para despedir-se do corpo. Foram acompanhados por uma longa procissão, composta por todos aqueles que desejavam render uma última homenagem a alguém que vivera tantos anos participando de seus frívolos festejos. Depois, vieram os criados da casa da condessa. A última criada foi uma senhora da mesma idade da falecida. Duas jovens a amparavam. Ela não tinha forças para prostrar-se – e foi a única a verter lágrimas ao beijar as mãos frias da condessa. Hermann decidiu aproximar-se do caixão em seguida. Ajoelhou-se sobre a pedra fria coberta por galhos de abeto e permaneceu nessa posição por alguns minutos; finalmente, levantou-se, tão pálido quanto a falecida, subiu os degraus da escada do cadafalso e inclinou-se sobre o corpo... Nesse momento, teve a impressão de que a morta lhe lançara um olhar irônico e piscara o olho. Hermann afastou-se para trás, perdeu o equilíbrio, despencando diretamente no chão. Ergueram-no. Ao mesmo tempo, Lizaveta Ivanovna era levada desmaiada para fora da igreja. Um murmúrio surdo percorreu a congregação, e um homem alto, magro, usando uniforme de camareiro da corte, parente próximo da falecida, sussurrou no ouvido do inglês que estava parado de pé próximo a ele que o jovem oficial era filho natural da condessa, diante do que o inglês friamente replicou: "Ah, é?".

Durante aquele dia inteiro, Hermann se sentiu estranhamente perturbado. Escolhendo uma pequena taberna para jantar, bebeu horrores, esperando aquietar sua agitação interna. Mas o álcool só excitou ainda mais sua imaginação. Ao voltar para casa, atirou-se na cama sem nem tirar a roupa, e adormeceu profundamente.

Já era noite quando despertou e o luar brilhava dentro de seu quarto. O relógio marcava quinze para as três. O sono o abandonara; sentou-se na cama e começou a pensar no funeral da velha condessa.

Nisso, alguém na rua olhou para ele através da janela e imediatamente seguiu andando. Pensou tratar-se de seu empregado, retornando de sua jornada noturna, bêbado como sempre; no entanto, ouviu passos nada familiares: alguém caminhava a passos suaves, arrastando os chinelos no assoalho. A porta se abriu e uma mulher de branco entrou. Hermann achou que fosse sua velha empregada e ficou se perguntando o que a trazia ali àquela hora. Mas a mulher de branco pairou ao redor do quarto e prostrou-se diante dele – e então Hermann reconheceu a condessa!

– Estou aqui contra minha vontade – ela disse com voz firme –, mas sou comandada para acatar suas ordens. O três, o sete e o ás ganharão por você se jogá-los em sequência, contanto que você não aposte mais que uma carta em 24 horas e jamais jogue novamente enquanto você viver. Eu o perdoo pela minha morte, com a condição de que se case com minha protegida, Lizaveta Ivanovna.

Com essas palavras, virou-se, com suavidade, em direção à porta e desapareceu. Hermann ouviu a porta que dá para a rua bater e novamente viu alguém o espiando pela janela.

Demorou para se recompor até voltar a si e ir para o outro quarto. Seu empregado dormia no chão. Foi difícil acordá-lo. O homem estava bêbado como sempre: era impossível conseguir qualquer coisa dele. A porta da rua estava trancada. Hermann voltou para o quarto, acendeu uma vela e anotou o que acabara de ver.

VI

"Attendez!"
"Como ousa me dizer: Attendez?*"*
"Vossa excelência, eu disse: 'Attendez, *doutor*.'"*

Duas ideias fixas não podem dividir o mesmo mundo moral, assim como dois corpos físicos não podem juntos ocupar o mesmo espaço. "O três, o sete e o ás" logo arrancaram da cabeça de Hermann o fantasma da velha condessa. "Três, sete e ás" reinavam perpétuos em sua cabeça e em seus lábios. Se ele visse uma garota lhe diria: "Que bela garota, um verdadeiro três de copas". Se lhe perguntassem as horas, ele diria: "Cinco para o sete". Todo homem robusto lembrava-lhe um ás. "Três, sete, ás" assombravam seus sonhos, assumindo as mais variadas formas. O três desabrochava qual uma flor imensa e esplêndida, o sete tinha a forma de um portão gótico e o ás era uma aranha. Sua atenção se centrava num só pensamento: como desfrutar daquele segredo que tanto lhe custara. Pensou em aposentar-se e viajar. Escolhera os salões de jogos parisienses para dar-se de presente o mágico tesouro. O acaso poupou-lhe o esforço.

Existia em Moscou um círculo de ricos jogadores, presidido pelo famoso Tchekalinski, que passou a vida toda carteando e acumulou milhões, aceitando notas promissórias quando ganhava e pagando em dinheiro vivo os dividendos das derrotas. Sua longa experiência lhe garantia a confiança dos parceiros de jogo, e as portas abertas de sua casa, seu excelente cozinheiro e seu jeito amável e alegre asseguravam-lhe o respeito da sociedade. Veio a

---

* A palavra "*attendez*", em francês, pode ser traduzida aqui como "espere".

Petersburgo. Os jovens da capital foram ao seu encontro, trocando a farra pelas cartas e os encantos do faraó à paquera do mulherio. Narumov levou Hermann até sua casa.

Passaram por uma sucessão de suntuosas salas, cheias de empregados atenciosos. Vários generais e conselheiros privados jogavam uíste; homens jovens, jogados em divãs de damasco, sorviam sorvetes e fumavam cachimbo. Na sala de estar, em uma longa mesa, lotada por uns 20 jogadores, estava o anfitrião que mantinha a banca. Era um homem de cerca de 60 anos, de aparência venerável; cabeça coberta de cabelos prateados; rosto cheio de frescor; os olhos brilhavam, animado por um sorriso constante. Narumov apresentou-lhe Hermann. Tchekalinski apertou sua mão com modos amigáveis, pedindo-lhe que não fizesse cerimônias, e prosseguiu comandando a banca.

A rodada durou horas. Havia mais de 30 cartas sobre a mesa. Tchekalinski fazia uma pausa após cada aposta, a fim de dar aos jogadores tempo para pensar, anotar as perdas, ouvir cada reclamação e, com ainda mais minúcia, endireitava uma carta, dobrada por alguma mão boba. Finalmente, a rodada cessara. Tchekalinski embaralhou as cartas e preparou-se para reiniciar a banca.

– Permitam-me apostar outra carta – Hermann disse, estendendo a mão por trás de um senhor gordo, jogando contra a banca. Tchekalinski sorriu e se inclinou, em silêncio, num humilde sinal de acordo. Narumov, rindo, parabenizou Hermann pela quebra de seu longo jejum e desejou-lhe sorte como a um principiante.

– Pronto – Hermann disse, escrevendo com giz os dados de sua aposta.

– Quanto? – perguntou o banqueiro, franzindo a sobrancelha. – Desculpe, mas não consigo ver.

– Quarenta e sete mil – disse Hermann.

Nisso, todas as cabeças e olhos se voltaram instantaneamente para Hermann.

– Ele enlouqueceu! – pensou Narumov.

– Permita-me lhe dizer – disse Tchekalinski com malícia no sorriso – que sua aposta é alta: ninguém aqui jamais apostou mais de duzentos e setenta e cinco numa cartada só.

– E daí? – retrucou Hermann. – Aceitam ou não minha carta?

Tchekalinski inclinou-se em reverência, num gesto de humildade.

– Gostaria somente de anunciar – disse ele – que, sendo da confiança dos meus amigos, só posso bancar a jogada com dinheiro na mesa. De minha parte, tenho certeza de que sua palavra é suficiente, mas, para manter a ordem do jogo e das apostas, devo lhe pedir para colocar o dinheiro sobre a carta.

Hermann tirou do bolso um cheque do banco e entregou-o a Tchekalinski, que olhou com certa surpresa e colocou-o em cima da carta de Hermann.

Começaram as apostas. À direita, ficou um nove e à esquerda, um três.

– Ganhei! – Hermann disse, mostrando sua carta.

Entre os jogadores, ergueu-se um murmúrio. Tchekalinski franziu a sobrancelha, mas um sorriso imediatamente voltou ao seu rosto.

– Deseja receber o pagamento? – perguntou a Hermann.

– Sim, por favor.

Tchekalinski tirou do bolso várias notas e pagou imediatamente. Hermann pegou o dinheiro e levantou-se da mesa. Narumov ficou sem entender nada. Hermann bebeu um copo de limonada e partiu para casa.

Na noite seguinte, reapareceu na casa de Tchekalinski. O anfitrião era quem fazia a banca novamente. Hermann foi até a mesa. Os jogadores imediatamente lhe deram um lugar. Tchekalinski saudou-os afetuosamente.

Hermann esperou outra rodada, apostou uma carta, colocou em cima dela quarenta e sete mil, mais os ganhos da noite anterior.

Tchekalinski deu início à banca. O valete caiu à direita, um sete à esquerda.

Hermann mostrou um sete.

Todos suspiraram. Tchekalinski ficou visivelmente aturdido. Contou noventa e quatro mil e deu a Hermann, que pegou o dinheiro com compostura e partiu na mesma hora.

Na noite seguinte, Hermann apareceu novamente à mesa. Todos já esperavam por ele. Os generais e os conselheiros privados pararam seu uíste, para ver aquele notável jogador. Jovens policiais pularam das cadeiras. Todos de pé, reunidos no salão, aglomerando-se em torno de Hermann. Os outros jogadores nem lançaram suas cartas, ansiosos para que ele terminasse logo. Hermann ficou em pé junto à mesa, preparando-se para bater sozinho contra o pálido, porém sorridente Tchekalinski. Cada um abriu um novo maço de cartas. Tchekalinski embaralhou-as. Hermann pegou sua carta e fez sua aposta, cobrindo-a com uma pilha de notas. Era semelhante a um duelo. Um profundo silêncio pairava no ar.

Tchekalinski começou as apostas, suas mãos tremiam. À direita, uma dama, e um ás à esquerda.

– O ás venceu! – disse Hermann, revelando sua carta.

– Bati sua dama! – disse com afabilidade Tchekalinski.

Hermann estremeceu: de fato, em vez do ás, estava a dama de espadas. Ele não podia acreditar no que via, sem entender como tinha sido capaz de tirar a carta errada.

Nesse momento, pareceu-lhe que a dama de espadas piscava e ria para ele. A espantosa semelhança o afrontava...

– A velha! – ele gritou, atemorizado.

Tchekalinski pegou as notas que perdera outrora. Hermann ficou imóvel. Quando saiu da mesa, uma grande comoção tomou conta do lugar.

– Uma tremenda jogada – comentavam os jogadores.

Tchekalinski embaralhou as cartas e a jogatina continuou normalmente.

Conclusão

Hermann pirou. Está internado no hospital de Obukhov, no quarto 17, não responde a nenhuma pergunta e resmunga com rapidez:

– Três, sete, ás! Três, sete, dama...

Lizaveta Ivanovna casou-se com um amável jovem. Ele trabalha para o governo em algum lugar e tem algum dinheiro: é filho do ex-oficial de justiça da velha condessa. Na casa de Lizaveta Ivanovna, uma parenta pobre está sendo educada.

Tomsky foi promovido a capitão e se casará com a princesa Pauline.

O bule de café

No ano passado, fui convidado, bem como dois amigos meus, Arrigo Cohic e Pedrino Borgnioli, a passar alguns dias nas terras do fundo da Normandia.

Nós caminhamos com lama até os joelhos, uma grossa camada de terra prendeu-se às nossas botas, e o peso delas atrasava nossos passos de tal maneira, que chegamos ao nosso destino depois do anoitecer.

Estávamos exaustos. Nosso anfitrião, então, percebendo os esforços que fazíamos para conter os bocejos e manter os olhos abertos, logo depois de terminarmos o jantar, conduziu cada um de nós ao seu respectivo quarto.

O meu aposento era imenso. Senti, ao entrar, algo como um tremor febril, pois tive a impressão de adentrar um mundo novo.

Na verdade, eu poderia até acreditar que estava no tempo do rei Filipe de Orleans, diante das portas com pinturas representando as quatro estações, os móveis repletos de ornamentos de mau gosto e os painéis de espelhos exageradamente lapidados.

Nada estava fora do lugar. A penteadeira coberta de caixas e pentes, talcos, dois ou três roupões de cores diferentes, um avental prateado, o assoalho bem polido.

Reparei nessas coisas depois que o empregado me desejou uma boa noite e, assim que ele saiu, confesso que comecei a tremer como uma folha ao vento. Deitei e fechei os olhos imediatamente, virando-me em direção à parede.

Mas foi impossível permanecer apenas nessa posição; a cama se mexia debaixo de mim como uma onda, e fui forçado a me virar para olhar.

O fogo da lareira lançava reflexos avermelhados no apartamento, de modo que eu mal conseguia distinguir os personagens da tapeçaria e as figuras dos retratos pendurados na parede.

Eles eram os antepassados de nosso anfitrião, os cavaleiros fardados, conselheiros de perucas, belas damas com os rostos maquiados e cabelos pintados de branco, segurando rosas nas mãos.

Repentinamente, o fogo começou a aumentar estranhamente; uma luminosidade forte se espalhou pelo quarto e pude ver claramente: aquilo que eu havia pensado ser apenas pinturas era realidade, pois os olhos desses seres enquadrados começaram a se mover, a brilhar de um modo singular; os lábios se abriam e fechavam como os de pessoas falantes, mas eu não ouvia nada além do tique-taque do pêndulo e o sopro da brisa de outono.

Um terror descontrolado tomou conta de mim, meus cabelos arrepiaram, meus dentes rangeram, um suor frio inundou o meu corpo.

O pêndulo bateu 11 horas. A vibração da última batida foi longa e subitamente cessou...

– Ah! Não, se eu me atrevesse a dizer o que acontecera, ninguém acreditaria e diriam que eu estava louco.

As velas acenderam-se sozinhas; o sopro de algum ser visível lhes imprimia movimento, algo alimentava o fogo, uma respiração como a de um velho asmático, enquanto as brasas se mexiam sozinhas, aumentando as labaredas.

Em seguida, um bule se lançou debaixo da mesa onde estava, rompendo-se em pedaços na direção da lareira até alcançar as labaredas.

Alguns instantes depois, as poltronas começaram a se mover; agitando-se de modo surpreendente, deslocaram-se em direção à boca da lareira.

Eu não sabia o que pensar daquilo que via, mas ainda me faltava testemunhar algo bem mais extraordinário.

Um dos retratos, o mais antigo de todos, que continha um velho de barba grisalha, um homem parecido com um personagem de Shakespeare, abriu-se, e o homem tirou a cabeça para fora da pintura, rindo, e, fazendo um grande esforço, fez passar os ombros e a grande barriga pela moldura e saltou em terra, fazendo um grande barulho.

Mal tomou fôlego, tirou do bolso uma chave minúscula e começou a abrir um quadro atrás do outro.

E todas as molduras se alargaram a fim de deixar passar as figuras que abrigavam.

Magistrados com ar grave trajando grandes togas negras, soldados uniformizados e suas espadas, todos esses personagens apresentavam um espetáculo tão bizarro que, apesar de meu pavor, não consegui deixar de rir.

Esses dignos personagens se sentaram; o bule de café saltou ligeiramente sobre a mesa. Eles tomaram o café em xícaras de porcelana branca, do Japão, cada uma delas munida de um quadrado de açúcar e uma pequena colher de prata.

Quando o café acabou, as xícaras, o bule e as colheres desapareceram todos ao mesmo tempo, e começou a conversa, certamente a mais curiosa que jamais ouvira, pois nenhum desses estranhos personagens olhava um para o outro enquanto falava; todos mantinham os olhos pregados no pêndulo.

Eu mesmo não conseguia afastar meus olhos da agulha do relógio, que marchava para a meia-noite a passos imperceptíveis.

Enfim, bateu a meia-noite; uma voz, cujo timbre era exatamente igual ao bater do pêndulo, fez-se ouvir, dizendo:

– Chegou a hora, é preciso dançar.

Toda a comitiva se levantou. As cadeiras se afastaram sozinhas; então, cada cavaleiro pegou a mão de uma dama e a mesma voz soou:

– Andem, senhores da orquestra, comecem!

Esqueci-me de dizer que o tema da tapeçaria era um concerto italiano. Os músicos, que até então não tinham esboçado um gesto, inclinaram a cabeça em sinal de obediência.

O maestro ergueu a batuta, e uma harmonia viva e dançante se espalhou pela sala. Primeiro, dançaram o minueto.

Mas as notas rápidas das partituras executadas pelos músicos não combinavam com as sérias reverências; assim, cada casal de dançarinos, após alguns minutos, começou a dar piruetas. Os vestidos de seda das mulheres, nesse turbilhão dançante, emitiam sons de natureza peculiar; digamos que pareciam uma revoada de pombas. O vento que produziam ao movimentar-se inflava esses vestidos, que ficavam parecendo grandes sinos.

Os dançarinos passavam tão rapidamente que davam a impressão de emitir centelhas elétricas. Assim, dava pena ver todos os esforços deles para manter a cadência. Eles saltavam, davam piruetas, rodavam as pernas o suor escorrendo pela testa em direção aos olhos. Mas apenas obedeciam à orquestra, que sempre se adiantava três ou quatro notas.

O pêndulo bateu uma hora; eles pararam. Vi algo que havia me escapado: uma jovem que não dançava.

Ela estava sentada numa poltrona no canto da lareira e parecia não tomar parte de nada o que acontecia ao seu redor.

Jamais, mesmo em sonhos, nada de tão perfeito havia se apresentado aos meus olhos: uma pele deslumbrante, cabelos louro-acinzentados, cílios longos e olhos tão azuis, claros e transparentes, que eu via sua alma através deles tão nitidamente quanto um pedregulho no fundo de um riacho.

E senti que, se eu porventura amasse alguém, essa pessoa seria ela. Saltei fora da cama, onde ainda estava sentado, paralisado, e me dirigi a ela, conduzido por algo que agia dentro de mim sem que eu percebesse, e me vi de joelhos, uma das mãos dela dentro das minhas, conversando com a jovem como se a conhecesse há 20 anos.

Mas, por um estranho prodígio, ao lhe falar, eu percebia uma oscilação da música que, subitamente, cessou. E, como estava tomado de felicidade por conversar com uma pessoa tão bela, senti queimar nos pés a vontade de dançar com ela.

No entanto, não ousava convidá-la. Parece que ela percebeu o que eu desejava, pois, apontando para o relógio, disse:

– Quando o ponteiro chegar no ponto, nós veremos, meu querido Teodoro.

Eu não sei como foi isso, não fiquei nem um pouco surpreso ao ouvi-la chamar-me pelo nome, e continuamos a conversar. Finalmente, a hora chegou, e a voz de timbre prateado vibrou ainda no aposento dizendo:

– Ângela, você pode dançar com esse jovem, se isso a agrada, mas você sabe no que resultará.

– Não importa – respondeu Ângela, num tom obstinado.

Ela passou seus braços de marfim ao redor de meu pescoço.

– Agora! – gritou a voz.

E começamos a valsar. Sua face aveludada tocava a minha, e seu hálito suave flutuava sobre o meu rosto.

Jamais, em toda minha vida, senti uma emoção parecida; meus nervos estremeciam, meu sangue corria nas artérias, ouvi os batimentos de meu coração como um relógio preso às minhas orelhas.

No entanto, esse estado não era penoso. Eu estava inundado por uma alegria inesquecível e teria desejado ficar assim para sempre, era uma coisa extraordinária. Embora a orquestra tivesse triplicado a velocidade, não tínhamos de fazer nenhum esforço para seguir a música.

Os que nos assistiam, maravilhados com nossa agilidade, gritavam e batiam palmas com todas as forças, sem emitir nenhum som.

Ângela, que até então tinha valsado com uma energia e exatidão surpreendentes, de repente, pareceu cansada; ela se apoiou em meus ombros como se suas pernas estivessem fatigadas. Seus pés pequeninos, que no minuto anterior voavam sobre o assoalho, arrastavam-se agora como se fossem de chumbo.

– Ângela, se você estiver cansada – eu lhe disse –, vamos repousar.

– Quero descansar, sim – ela respondeu, limpando o rosto com um lenço. Enquanto valsávamos, eles ficaram assim, e só temos uma poltrona, mas somos dois.

– E o que isso importa, meu anjo lindo? Nós nos acomodaremos.

Sem fazer a menor objeção, Ângela se sentou, abraçou-me como se seus braços fossem uma echarpe branca, apoiando o rosto em meus ombros para aquecer-se um pouco, pois tinha ficado fria como mármore.

Não sei quanto tempo ficamos abraçados, pois meus sentidos estavam absorvidos pela contemplação dessa criatura misteriosa e fantástica.

Eu já não tinha ideia da hora ou do lugar; o mundo real não mais existia para mim, e todas as minhas ligações com ele tinham sido rompidas. Minha alma, liberta da prisão da vida, nadava no mar infinito; eu compreendi o que homem nenhum compreende, os pensamentos de Ângela revelavam-se a mim sem que ela necessitasse expressá-los, pois sua alma brilhava em seu corpo como uma lâmpada, os raios saíam de seu peito e atravessavam o meu.

A cotovia cantou, um luar pálido tocou as cortinas.

Assim que Ângela o percebeu, levantou-se precipitadamente, fez um gesto de despedida e, depois de alguns passos, soltou um grito e caiu.

Tomado de terror, corri para erguê-la... Meu sangue congelou, eu não conseguia mais pensar e não encontrei mais nada além do bule de café espatifado em mil pedaços.

Diante disso, convencido de que fora manipulado por alguma ilusão maldita, um pavor imenso me dominou e desmaiei.

Assim que recobrei a consciência, estava na minha cama: Arrigo Cohic e Pedrino estavam de pé, diante de minha cabeceira.

Logo que abri os olhos, Arrigo gritou:

– Ah, que bom! Já faz uma hora que passo água em seu rosto. O que foi que aconteceu de noite? Hoje de manhã, quando vi que você não descia do quarto, entrei e o encontrei caído no chão, vestido com um roupão antigo, abraçando um bule de café quebrado, como se fosse uma jovem linda.

– Meu Deus! Esse roupão era de nosso avô – disse o outro. – Teodoro, você o vestiu para divertir-se? Mas por que foi que passou tão mal? – disse o anfitrião.

– Foi um mal-estar passageiro – respondi rapidamente.

Eu me levantei, tirei o ridículo roupão. E depois fomos almoçar.

Meus três amigos comeram muito, mas eu não conseguia ingerir nada, a lembrança do que me acontecera me deixava muito distraído.

Assim que terminamos a refeição, como chovia a cântaros, não havia como partir; cada um de nós se ocupou da maneira como pôde. Borgnioli tamborilava os dedos nos vidros, Arrigo e o anfitrião jogaram damas, eu tirei um caderno de minha mala e comecei a desenhar.

As linhas quase imperceptíveis, traçadas a lápis, sem que eu tivesse sonhado em fazer isso, representavam com maravilhosa exatidão o bule de café que tivera um papel tão importante durante a noite anterior.

– É impressionante como esse rosto parece com minha irmã Ângela – disse o anfitrião, que terminara de jogar sua partida de damas e observava o desenho por sobre meus ombros.

Na verdade, eu me lembrei, imediatamente, que o desenho do bule realmente se assemelhava ao perfil doce e melancólico de Ângela.

– Ela está morta ou viva? – gritei com a voz trêmula, como se minha própria vida dependesse daquela resposta.

– Ela está morta, já faz dois anos, teve uma crise de falta de ar no final de um baile.

– Agora, eu entendo – respondi dolorosamente...

As três flores
CONTO BOÊMIO*

/

— Você acredita em juras de amor, Lisbeth?

— Acredito mesmo, Ludwig, é no poder de um pai.

— Lembra-se das horas adoráveis que passamos nos grandes bosques de Ehrenfels?

— Ô!

— Então, está tudo decidido? O casamento é amanhã?

— Amanhã.

— E você ama seu futuro esposo, Enrique, filho do conde Fausto?

— Vou me casar com ele.

---

* Ao que tudo indica, trata-se aqui da tradução de um texto alemão pelo escritor mexicano Ignácio Manuel Altamirano. É difícil precisar o original e seu autor. Impressiona a elegância do texto em espanhol, que parece nada dever ao *anônimo* original. A história se passa em Praga, daí a indicação de *conto boêmio*, com que o tradutor apresenta o texto.

– Pode se casar sem que o ame, sendo que me amou sem ter se casado comigo.

– Suas palavras são duras, Ludwig.

– E as suas são falsas, Lisbeth.

– Um dia, você me disse: "Se você pedisse o meu sangue ou minha vida, Lisbeth, você os teria".

– E você me disse um dia: "Tudo que quiser de mim, seja meu coração ou minha mão, Ludwig, você terá".

– Eu não contava com os outros, Ludwig.

– Eu não contava com você, Lisbeth.

– Meu pai nos separou.

– Deus nos unirá.

– Nunca.

E Lisbeth, a bela distraída, deixou cair a cabeça sobre a mão, calou-se e pôs-se a chorar.

Uma de suas lágrimas caiu ardente na testa de Ludwig, seu amante tristonho, que suspirava embaixo do balcão da janela. Ele levou a mão ao rosto e recebeu essa lágrima, "pérola caída dos negros olhos de Lisbeth", e vencido pela dor e pelo amor, porque Ludwig a amava por demais, disse-lhe num tom de voz mais doce:

– Por que me fez vir?

– Para trocarmos nossos adeuses...

– Adeus, Lisbeth.

– E... também para pedir meu anel de ouro.

– A única coisa que me restava de você.

– A menina te deu; hoje, a mulher o veio resgatar.

– A mulher é bem prudente; a menina era menos.

Lisbeth não disse nada, mas estendeu a mão, sufocando um suspiro.

– Venha aqui.

Ludwig era alto; a janela estava aberta. Colocou-se na ponta dos pés; ela pôs a mão no parapeito da janela, e ele ajustou o anel de ouro em seu dedo mindinho.

– Você tem um grande coração, Ludwig.

– Isso eu não sei... mas eu a amava.

– Gostaria de pedir mais uma coisa.

– Peça.

– Falamos muito de nós dois; é necessário que você venha ao casamento; estarei feliz. Riremos. E verá que já não me ama.

– Mas isso, nunca.

– Eu quero.

– Não conte com isso, jamais!

– Imploro.

– Está certo... eu irei.

– Obrigado, querido Ludwig.

– Dê-me então uma honra a mais.

– Diga.

– Dançará uma valsa comigo.

– Qual?

– A primeira após a meia-noite.

– Assim seja.

– Lisbeth, Lisbeth – dizia uma voz no interior da casa –, onde você está?

– Estou aqui. Adeus, querido Ludwig.

A pequena mão branca enviou ainda um beijo na penumbra. As luzes cobriram todo o chão. As janelas então se fecharam, e tornou-se um breu a casa do barão de Walder, pai da bela Lisbeth.

Ludwig caminhava triste pela escuridão. Atravessou a ponte de São João Nepomuceno e, seguindo pelas margens sombrias do Moldava, dirigiu-se lentamente para a Ilha dos Caçadores, que o rio leva, com seus braços úmidos, como a um buquê de flores.

Lisbeth desfez as tranças de seu charmoso cabelo, consagrando ainda um último pensamento ao primeiro amor de sua juventude. Reprimiu os impulsos de seu coração e quis dormir. O sonho não veio, e ela ouviu soarem, uma a uma, todas as horas da noite. No momento em que a primeira badalada da meia-noite soou na torre de São Vito, na nobre igreja de Hradschin, pareceu-lhe que alguém suspirava muito próximo dela.

— É o vento que se queixa entre as árvores – pensou Lisbeth.

Mas, numa noite escura e tranquila de maio, não havia um sopro sequer no ar, e ternas as folhas dormiam presas aos ramos imóveis.

Nada perturbava o silêncio. Lisbeth enfiou a cabeça com medo nos travesseiros e, pensando, caiu num sono pesado.

II

É de manhã. Praga, alegre, desperta: a noite levanta o véu das pregas estreladas; a fina e ligeira neblina rodopia sobre os telhados; as torres pontiagudas das igrejas rasgam, tal qual lãs brancas, as lentas nuvenzinhas; os primeiros raios de sol quebravam sobre os cimos das estátuas, e suas pontas douradas reluziam qual relâmpagos. Aqui e ali, dependurados, fios flutuavam no ar, caídos dos invisíveis pêndulos da Virgem, como se atassem a terra ao céu; cata-ventos balbuciavam uma saudação ao vento, dando voltas sobre sua base embolorada, e as mil vozes argênteas subiam aos céus, como um enxame de abelhas zombeteiras.

Na casa de Walder, vão, vêm, agitam-se. As criadas correm pelos aposentos, os cavalos trotam intrépidos, os músicos tocam nas ruas. Parecia que a cidade toda se casava. Lisbeth é belíssima, Enrique está apaixonado, e todos se alegram dessas núpcias entre o amor e a beleza.

A noiva parecia um tanto pálida, como todas as noivas, mas mais bela do que todas.

Enrique adiantou-se a seu encontro:

– E seu buquê de flores brancas, querida, reflexo de sua alma plena e pura?

– Esqueci-me do buquê, querido!

– Não, tenho certeza de que eu mesmo o colhi no jardim do meu pai, em Wieshrad, de madrugada. Olhe aqui.

Um escudeiro, com as cores do condado, roxo e negro, pôs em frente à jovem um cofre de ébano.

– Abra – disse o noivo, entregando-lhe uma chavinha de prata.

Ela pegou a chave; sua mão tremia um pouco, mas abriu-o. No entanto, ali, em lugar do buquê branco, estavam três flores: uma prímula, uma verônica azul e uma sempre-viva.

E, nessa doce linguagem das flores, que tem em lugar de palavras as cores e os perfumes, a prímula é a esperança, a verônica é a fidelidade e a sempre-viva, a perseverança.

O noivo pareceu surpreso, surpreso e furioso. Porém, ele mesmo havia guardado a chave de prata, e não pôde acusar ninguém. Apenas pegou o buquê e pensou em arremessá-lo pela janela.

– Não, não – Lisbeth disse –, assim me agrada – e pôs as três flores na cintura.

Uma hacaneia branca esperava pela noiva aos pés da escada, coberta inteiramente de ouro, veludo e seda. Dois pajens jovens carregavam nas mãos véus flutuantes de renda.

Puseram-se a caminhar. A comitiva passava com pompa pela margem do rio.

Lisbeth não percebeu Ludwig; mas, no momento em que a pomposa comitiva começou a subir a colina sobre a qual está erguida a antiga catedral, ouviu tremer a terra ao retumbar um longínquo galope de cavalo.

– É o Ludwig – pensou ela. Mas seguiu seu caminho sem se atrever a virar a cabeça.

Chegaram muito rápido à porta da igreja. A noiva entrou, precedendo a multidão de nobres convidados. Todos se ajeitaram na nave da igreja, cheia de telas e flores dependuradas. O coro dos músicos entoava seus hinos, e o órgão emprestava aos cantos sua voz altissonante, que estalava qual um trovão, ou um suspiro de mulher.

O sacerdote desceu do altar e adiantou-se para benzer os noivos. Lisbeth, por duas vezes, virou-se para a nave.

– Que você tem? – perguntou-lhe a mãe com uma voz seca. – Não é para lá que deve olhar.

– Mãe, quem é aquele homem vestido de preto, de joelhos, perto do terceiro pilar?

– Não vejo nada além da estátua de bronze de são Venceslau. Mas, atenção: agora é sua hora de responder.

– Lisbeth de Walder, aceita como marido o cavalheiro Enrique de Stolberg?

– Sim – respondeu Lisbeth, com uma voz tão fraca que o sacerdote quase nem pôde ouvir.

E lançou novamente o olhar à terceira pilastra. Não viu nada.

– Enganei-me – pensou baixando rapidamente os olhos. Mas notou haver só duas flores em sua cintura.

A prímula desaparecera. A flor doce da esperança.

III

A festa de casamento foi animada. Os convidados se comprimiam em torno das enormes mesas. Um cervo inteiro erguia-se em meio aos adornos da mesa com seus chifres altos carregados de flores e frutas; os escudeiros cortavam cabritos recheados de pistaches e faziam passar em pratos de prata faisões de asas douradas e cabeças rubras. Doses generosas de vinho circulavam nas taças; rosados húngaros, brancos alemães e tintos franceses.

Após a abundante bebedeira, quando mais de um convidado já caía da cadeira para debaixo da mesa, trouxeram um antigo *wiedorcomo*: um vaso imenso, esmaltado em cores vivas, uma espécie de copo de Hércules, que dava conta de embebedar uns 20 homens. Cheio até a boca de vinho *tokaji* real. Os dois pais, então, brindaram à união de seus dois filhos, ao amor. Os convidados todos fizeram o mesmo, e o *wiedorcomo* voltou aos noivos carregado de bons votos.

Enrique o ofereceu a sua jovem esposa. Mas só de Lisbeth encostar o lábio na borda da taça, esta se esvaziou por completo como se um bebedor invisível a tragasse. Ela se virou, olhando, sem saber o que ocorrera. Pôs um dedo sobre a boca, com aquele gesto que diz: "Silêncio e cuidado".

– E nem uma gotinha para mim? – disse o noivo em tom de doce reprovação. – Brindaremos, então, à nossa felicidade com a taça vazia.

– A noiva tem apenas uma flor em seu buquê – disse uma voz na multidão.

Agora, a verônica desaparecera; a flor da fidelidade.

IV

Chegou a noite. As mesas foram retiradas. Perfumes esparramam-se no ar junto da cera aromática das velas sobre candelabros dourados; arautos armados, grandes como gigantes, imóveis como rochas, mantinham-se nas portas, erguendo, em suas mãos, algumas tochas. A orquestra ressoava seus doces prelúdios, comovendo e convidando todos ao prazer.

Dançam.

Todos admiravam a graça infalível de Lisbeth, seu corpo flexível, seus movimentos harmônicos, tudo sob medida, dentro das leis da cadência.

Tinha ela o encanto da ave que voa. Não se veem suas asas, mas sabe-se que as tem.

Sobre o assoalho brilhante, seus pés ligeiros davam voltas. Nada se faz, a não ser olhá-la. Sentia-se felicidade. Mas, de tempo em tempo, com certa frequência aliás, os olhos dela se voltavam para a porta de entrada ou para o ponteiro do relógio, cujo pêndulo de ouro ia e vinha em sua caixa de madeira negra.

O baile estava em seu ponto máximo.

Festa alguma jamais havia animado tão esplendidamente o antigo palácio dos Walder, e ninguém, com exceção da jovem noiva e talvez de seu noivo, imaginava já bater a meia-noite.

E assim, as violas e os oboés aludiram ao prelúdio de uma valsa. Três ou quatro cavalheiros se adiantaram até Lisbeth.

– Você não – ela disse ao primeiro –, e você muito menos... ninguém – prometi a dança...

E olhou para o relógio.

Ninguém entrou. E os jovens retiraram-se educadamente.

A primeira das doze badaladas foi ouvida em esplendor sonoro.

Os olhos de Lisbeth brilharam, e a flor do seu sorriso desabrochou em sua boca. Mas não eram os olhos nem o sorriso dos vivos. Diria que sorria para os anjos e encarava o céu.

Estendeu a mão, num gesto que nenhum dos convidados ousou retribuir. Levantou-se da cadeira e deu dois passos, para ensaiar o compasso.

A orquestra havia começado a valsa, e os dançarinos, em pares enlaçados, giravam num harmonioso torvelinho.

Em meio aos casais, a noiva lançou-se solitária. Com o braço esquerdo suspenso e apoiado nas costas de um par invisível, a cintura ligeiramente dobrada, a mão direita à frente, estendida e solta, como se largada pela pressão branda de uma mão amiga.

Dançava.

Os homens a admiravam, as mulheres a invejavam. Nunca estivera tão bela quanto ali. Um compasso perfeito conduzia todos os seus movimentos. Uma expressão celestial transfigurava seu semblante. Tornara-se etérea e diáfana, como essas criaturas do ar que caminham sobre os juncos dos lagos sem sequer inclina-los. Ao invés de cansar-se, como as outras, naquele frenético círculo, parecia recarregar as energias e sentir-se mais ligeira a cada volta que dava. De tempo em tempo, seu calcanhar tocava o chão, que não abandonava as pontas de seus pés. As outras pararam de dançar para assisti-la.

Sempre fora pé de valsa.

Seu vestido rodava, flutuando como um vapor branco, deixando à mostra os pés miúdos e os tornozelos elegantes. A cabeça caía para trás, com os olhos fechados, vagos e em êxtase.

Nada a detinha. O jovem noivo fez um sinal para a orquestra e, em vez de recomeçarem o tema da valsa sem fim, foram amortecendo aos poucos seu compasso. Os oboés deixaram soar, não mais que uma nota lânguida, entrecortada por suspiros, e as violas se esvaíram num sutil estremecer.

Lisbeth voltou a sua cadeira e, antes de sentar-se, fez uma reverência.

Enrique aproximou-se dela.

– Por que – ele perguntou – dançou sozinha, minha querida, quando tantos homens a chamaram?

– Sozinha, meu amor? Dancei com esse cavalheiro de terno preto, enfeitado com uma rosa escura e penas negras.

– E onde está ele, que não o vejo?

– Ali, próximo da parede, agora nos olhando.

– Estranho, não o vejo e nem ninguém o viu. Como se chama?

– Chama-se Ludwig – Lisbeth disse-lhe, ruborizando-se.

– Ludwig? Mas Ludwig está morto, meu amor.

– Morto? Quando? Onde?

– Ontem, à meia-noite, os marinheiros encontraram seu corpo, perto da Ilha dos Caçadores.

Lisbeth inclinou-se para frente e, olhando para sua cintura, deu-se conta de ter perdido a terceira flor. A sempre-viva, a flor da perseverança.

– Ah! – murmurou com um sorriso vago. – Ludwig está morto e eu... estou morta também.

E caiu nos braços de Enrique.

Em todo o caso onde há crime, ou se presume...

– Em todo o caso onde há crime, ou se presume que há crime – disse o Dr. Quaresma –, há que considerar, depois de o fato estar definitivamente estabelecido, cinco circunstâncias diferentes, todas elas relativas ao crime, ou ao crime suposto, e todas elas entre si relacionadas, de modo que, ignoradas umas, a elas se possa chegar por meio das que são conhecidas. E o processo será sempre o mesmo: primeiro, determinar bem quais dessas circunstâncias são conhecidas; segundo, sendo elas conhecidas, determinar se são inteiramente conhecidas, ou se o não são inteiramente; terceiro, fazer por tornar inteiramente conhecidas aquelas circunstâncias que o estejam imperfeitamente. Feito isto, estaremos noutro capítulo da investigação lógica; por agora limitemo-nos a este.

As cinco circunstâncias, em que falei, relativamente a um crime, ou presunção de crime, são as seguintes: primeiro, onde foi cometido; segundo, quando foi cometido; terceiro, como foi cometido; quarto, por que foi cometido; quinto, quem o cometeu? As duas primeiras circunstâncias são materiais, as duas últimas imateriais; a terceira participa das duas.

No caso presente, e partindo do princípio aceitável, ainda que não lhe possamos chamar definitivamente assente (tal é a confusão que os testemunhos diretos produzem), de que o crime (isto é, o roubo da carta

– assim o consideremos, sem mais exame de momento) foi praticado na sala da casa do engenheiro, e entre as horas de saída dele e da mulher e a da chegada do destinatário da carta, sabemos já, perfeitamente, o onde e o quando do crime. Se não há qualquer vício, ou viciação do testemunho, temos estes dois pontos por assentes.

Os outros três pontos, porém, são obscuros. Não sabemos, de início, como a carta foi tirada; não sabemos, visto desconhecermos, até por presunção, o seu conteúdo, por que motivo seria tirada; e não sabemos quem a tirou.

Estes três pontos, digo, são obscuros. Vejamos, porém, se são igualmente obscuros. Logo à primeira vista, descobrimos uma coisa: que, ao passo que o autor do crime é desconhecido, e que o motivo do crime é desconhecido, o modo do crime não só é desconhecido, mas é estranho. Ora ser estranho é já alguma coisa; do que se sabe que é estranho, não se pode dizer que se não sabe nada, por isso mesmo que se sabe que é estranho, e isso é já saber-se alguma coisa.

Entramos agora no segundo estágio da nossa investigação. Ela resume-se em dois processos lógicos: primeiro, qual dos elementos desconhecidos é menos desconhecido? Segundo, qual dos elementos desconhecidos é mais estranho? O mais estranho será mais fácil como elemento de investigação, porque quanto mais estranho é o fato, em menor número são as hipóteses que o podem explicar.

– Por que, doutor? – perguntou Guedes.

– Por que o quê? – interrogou o Dr. Quaresma.

– Por que é que, quanto mais estranho é um fato, menor é o número de hipóteses para o explicar?

– Porque o estranho é o invulgar, e há evidentemente menos causas para o invulgar do que para o vulgar. Se amanhã aparecer morto numa rua de Lisboa um homem que assassinaram com uma facada, você, só pela facada (não me refiro agora à identidade do homem e das conclusões que se possam tirar dela), não poderá concluir muito quanto à natureza do criminoso. Se esse homem tiver sido morto por uma punhalada de um punhal delgado, restringe-se forçosamente o número de criminosos possíveis. Se tiver sido morto por uma seta, poderá haver dificuldade material em acertar com o criminoso, mas não haverá dificuldade em desde logo eliminar um grande número de criminosos. Você compreende, não é verdade?

– Perfeitamente.

– Ora, neste caso – prosseguiu Quaresma –, o pouco que se conhece e a estranheza reúnem-se no mesmo elemento de investigação: no modo como o crime se praticou. É sobre este elemento, pois, que tem que incidir o seguimento da nossa investigação.

Vejamos bem em que consiste a estranheza. Consiste no desaparecimento de uma carta de um quarto hermeticamente fechado. Apertemos mais, logicamente: trata-se do desaparecimento de um objeto inanimado de um quarto fechado. E agora, meu caro Guedes, apertemos ainda mais, e chegamos ao ponto que você não viu. Esse ponto é a natureza do objeto desaparecido. Você considerou o desaparecimento de uma carta de um quarto fechado como análogo ao desaparecimento de qualquer objeto inanimado de um quarto fechado. Você não considerou que uma carta é um objeto especial, olhando a capacidade cúbica. Sim, uma carta não é um cadáver nem um caixote: é um objeto pequeno, principalmente caracterizado, em geral, pela sua extrema chateza. Em poucas palavras, uma carta é um objeto inanimado que sai por uma fisga, por uma greta, ao passo que o mesmo não acontece a objetos, inanimados ou não, de maior espessura.

– Ora bolas! – disse o chefe Guedes. – Sinto vontade de ir aprender a andar.

– Isto é simples, não é? – perguntou Quaresma.

– Não me fale mais nisso, doutor! Continue...

– O problema, assim visto, transforma-se logo. Não se trata do desaparecimento de um objeto de um quarto hermeticamente fechado. Trata-se do desaparecimento de um objeto chato, que se no quarto há fisgas ou gretas, por onde caiba, não desaparece de um quarto hermeticamente fechado quanto a esse objeto. Expus bem?

– Mais que muito bem, doutor. Ande lá para diante...

– Ora que fisgas ou gretas haveria na sala do engenheiro? Fechadas as janelas, é de presumir que não houvesse aí nenhumas. A casa, pelo que você me disse, é de boa construção, e nessas casas as janelas são cuidadas nesse sentido; além disso, a saída pelas janelas não parece muito indicada, dado que não são de varanda e que são num segundo andar alto.

Restam-nos as fisgas ou gretas por baixo das portas, e essas com certeza existem, porque em toda a parte existem, exceto onde um tapete ou oleado encosta mesmo à porta, e, ainda assim, é incômodo se ela não abre para fora. Podemos resumir, pois, que há duas saídas possíveis para uma carta, nesse quarto já não hermeticamente fechado: a greta por baixo da porta de entrada, e a greta por baixo da porta fechada. Ora, como é a porta fechada que está em linha com a mesa pequena onde foi posta a carta, é a greta que está por baixo dessa porta que está naturalmente indicada como o ponto de saída possível.

Consideremos, agora, de que modo se pode fazer sair a carta de cima da mesa para fora do quarto, através dessa greta por baixo dessa porta. Não há muito que pensar: um fio ligado à carta por um alfinete ou outra prisão qualquer de pouco volume e altura; esse fio, preliminarmente preparado, passado do corredor por baixo da porta, até à mesa; (com o alfinete na ponta) a colocação da carta em cima da mesa, prendendo ao alfinete que já lá estaria; fechada a porta, a pessoa que preparava isto tudo saía para o corredor, puxava o fio e a carta vinha a reboque pela sala fora, passava por debaixo da porta e desaparecia para sempre. Ora...

O Chefe Guedes ergueu-se da cadeira, com cara entomatada e, dando um formidável murro na mesa, pronunciou uma série de exclamações que, como constavam principalmente de palavras excluídas dos dicionários vulgares, e esta narrativa não pretende se não servir-se das comuns, não serão aqui transcritas.

– Perdão, doutor... – disse o Guedes, e tornou a sentar-se.

– Uma coisa facilitava extraordinariamente esta manobra; quero crer, até, que talvez fosse o que de algum modo a sugerisse: a cor comum do tapete da sala e do pano da mesa. Um fio de retrós verde forte, ou um fio de retrós verde vulgar duplicado, qualquer destas coisas serviria.

E, agora, tendo determinado o único modo provável como a carta teria sido extraída do quarto pseudofechado, imediatamente esclarecemos quem foi que a tirou. Foi a pessoa que lá a pôs. E quando vemos que essa pessoa foi quem suscitou a ideia do passeio e da ausência quando o Simas viesse; quando notamos que essa pessoa é de um temperamento histérico, e, portanto, predisposta às coisas imaginosas e disparatadas, o desaparecimento da carta fica não só resolvido, mas nitidamente explicado, no seu modo e na razão do seu modo.

Chegamos, pois, a duas conclusões: sabemos como a carta foi tirada, e sabemos que quem a tirou foi a mulher do engenheiro.

O charuto de Quaresma apagara-se. Na suspensão do argumento, o charadista acendeu novo fósforo e reanimou a vida da nicotina. Mas, antes que falasse de novo, o Guedes, que tinha estado ainda num crepúsculo de apoplexia de pasmo e de imaginação, explodiu outra vez.

Informações paratextuais

É curioso o método de apreensão e identificação visual em literatura. A imagem que as palavras formam molda a mente de quem as imagina. São esses os verdadeiros objetos, as verdadeiras coisas que se criam com composições verbais. É algo parecido com o jeito quando uma pessoa conta um sonho. Nem ela tem tanta certeza quanto *clareza* daquilo que sonhou, mas conta, às vezes, com precisão tal que alguém pode imaginar o que só na cabeça da primeira pessoa se passou. É basicamente isso que a literatura faz. Cria objetos em mentes interpretantes que leem (ou *ouvem* ou *veem*) aqueles signos.

Esta coletânea foi pensada tendo em mente histórias que se baseassem em objetos, entendidos como coisas: presentes trocados por um pobre casal num Natal, três flores, um bule de café, cartas de baralho e uma carta roubada. E todos os cinco contos são permeados de descrições de outros objetos, outras cenas, que certamente invadem a mente do leitor, permeando-a de imagens próprias. Esses autores eram exímios nessa arte da fixação de imagens em mentes e retinas alheias. Na sequência, apresentamos uma breve descrição de cada um deles.

O. Henry era o verdadeiro nome de William Sydney Porter (1862-1910), um dos mais famosos escritores de histórias curtas dos Estados Unidos. Escreveu mais de 300 contos. Grande parte de suas mais conhecidas histórias foram reunidas em obras como *Repolhos e reis* (1904) e *Trombadinhas e vadios* (1917). "O presente dos reis magos", que aparece em *Os quatro milhões* (1906), é um de seus contos mais famosos. Nos EUA, um dos personagens mais conhecidos de faroestes é Cisco Kid, criação de O. Henry que surge na história "O caminho do cavaleiro", publicada em 1907.

Alexander Pushkin (1799-1837) é considerado o poeta nacional da Rússia, o grande autor por excelência de um país que coleciona lendas da prosa e da poesia. Publicou seu primeiro poema aos 15 anos. Outro importante poeta russo, Vladimir Maiakovski (1893-1930), escreveu um poema em que imaginava um passeio com Pushkin, retirando-o do pedestal da estátua erigida na avenida Tverskaya, em Moscou. Nesse poema, Maiakovski conversa com ele como se fosse seu contemporâneo, e proclama: "Serei / talvez / no fundo / o único triste / por não o ter / mais hoje / entre os vivos". Diz-se que o bisavô de Pushkin era um negro abissínio, tendo, assim, o poeta sangue africano. Deixou inúmeros contos por terminar, seu objeto era o próprio processo.

Théophile Gautier (1811-1872), em seu conhecido poema "A arte", diz algo como: "Sim, a obra soa mais arte / da forma ao obrar-te, / verme, ao rebelar-te, / mármore, ônix e esmalte". Defensor do lema que, no século XIX, se popularizou como a defesa da "arte pela arte", esse francês, que foi poeta, dramaturgo, romancista, jornalista e crítico literário, influenciou inúmeros autores. Dentre os mais renomados construtores daquela bela língua, Honoré de Balzac (1799-1850), Gustave Flaubert (1821-1880) e Marcel Proust (1871-1922), para ficar em apenas três gigantes, eram seus admiradores. Gautier foi uma espécie de pai fundador de movimentos como o parnasianismo, o simbolismo e o modernismo.

Ignácio M. Altamirano (1834-1893) foi uma grande figura da cultura mexicana, um importante personagem da literatura daquele país no século XIX. Nascido em família indígena, Altamirano só falava *náuatle* (pronuncia-se nauáteu) até os 12 anos, quando se alfabetizou em espanhol. Seu idioma materno, aliás, é uma bela e enigmática língua, na qual quase todas as palavras terminam com esse som de *teu* (uma língua em que tudo rima?).

Altamirano colheu a "doce linguagem das flores" para compor sua obra no idioma do colonizador, e o fez com maestria. Colecionou histórias, escreveu crônicas e poemas, tendo sido uma grande figura poética e política de seu tempo. Nasceu numa cidade com o belo nome de Tixtla e morreu na Itália, em Sanremo, em meio a uma missão diplomática.

Fernando Pessoa (1888-1935) possuía poesia até no nome – como seu ídolo, o poeta americano Edgar Allan Poe (1809-1849). Um grande engenheiro de jornadas sentimentais, o português criou para si precursores imaginários, numa ousada tentativa de reescrever a história da poesia de seu país, espécie de acerto de contas com o passado. Sem sombra de dúvida, no panteão dos poetas portugueses, ele e Luís de Camões (1524-1580) pairam sobre todos. Estão enterrados lado a lado, mas a obra de ambos jamais se encerra.

Conto: Definição do gênero

Na correspondência do alemão Jacob Grimm (1785-1863), um dos mais conhecidos escritores de contos de fadas de todos os tempos, o gênero "conto" estaria vinculado à poesia popular, àquilo que ele denominava "poesia natural", à arte da contação de histórias. Considerado uma forma simples pelo linguista holandês André Jolles (1874-1946), o conto estaria estreitamente vinculado ao caso, uma narrativa breve, embora sendo um termo que veio a ser empregado para denominar e classificar narrativas até bastante diferentes entre si.

Na visão do estudioso russo Vladimir Propp (1895-1970), o conto apresentaria partes constitutivas que poderiam ser deslocadas de um relato a outro, algo como o famoso provérbio brasileiro: "Quem conta um conto aumenta um ponto". Propp distingue seis tipos de contos, a saber: fábulas, contos maravilhosos, fábulas de animais, contos de origem, contos humorísticos e fábulas morais.

O americano Edgar Allan Poe (1809-1949), um dos mais populares contistas da história da literatura, definiu o "conto como uma narrativa breve destinada a produzir um efeito dominante". Poe escrevia para jornais e, dentro do espaço reduzido de apenas uma ou duas páginas, ele tinha como meta criar narrativas que prendessem o leitor da primeira à última linha, "contos para ler de uma sentada só", segundo suas próprias palavras. Seu estilo, com uma frase de abertura contundente e final surpreendente, permanece sendo adotado por vários autores contemporâneos. A brevidade narrativa dos contos, aliás, adapta-se perfeitamente aos novos suportes das redes sociais, de modo que o gênero se mantém como uma das formas narrativas mais populares de todos os tempos.

"O presente dos magos"

Considerado um dos melhores contistas do século XX, o americano O. Henry desenvolveu um estilo que viria a ser copiado e celebrado por muitos. O conto selecionado para essa antologia, por exemplo, já teve inúmeras adaptações para teatro e cinema. Quais seriam as características da abordagem literária desse autor?

A frase de abertura do conto, "um dólar e oitenta e sete centavos", certamente atiça a curiosidade do leitor. Como diversos contistas americanos, O. Henry tentava "agarrar" o leitor logo na frase de abertura e, nesse caso específico, acerta em cheio.

Na sequência, ao descrever a jovem contando moedas na véspera do Natal, o autor imediatamente convida o leitor a simpatizar com a personagem.

Essa estrutura narrativa que se abre com o dilema – falta de dinheiro – e, em seguida, apresenta a personagem que o enfrenta inverte a ordem das narrativas mais tradicionais, nas quais comumente se oferece a descrição do protagonista, para então lançá-lo em ação.

Além do tom coloquial de sua prosa, evidente nos primeiros parágrafos, O. Henry cativa seu leitor quando se dirige diretamente a ele: "Vocês já a conhecem. Seu nome é Della".

Estamos, então, diante de uma jovem simpática, mas sem um tostão. Fazendo um contraste com o entorno de escassez de recursos, com o apartamento sem luxos, O. Henry introduz a beleza de Della e, principalmente, seus esplêndidos cabelos como uma grande riqueza. Em seguida, reporta-se aos sentimentos que a personagem nutre por Jim, seu jovem marido.

Para tanto, o autor aproxima o leitor do pensamento da jovem ("era sempre assim"), utilizando Della como seu "foco narrativo".

Para descrever o espelho barato (oito dólares), o narrador volta a conversar com seu leitor, discretamente destacando a beleza, a juventude e o amor incondicional de sua heroína pelo esposo. Podemos dizer que, aqui, a falta de dinheiro, a pobreza, não corresponde à miséria, uma vez que o apartamento dos recém-casados conta com riquezas que o dinheiro não consegue comprar.

Della priva-se de seu maior bem, "os cabelos", ao vendê-los para comprar uma corrente para o relógio de seu amado Jim. Este, por sua vez, vende o relógio de estimação para comprar uma presilha para sua querida Della.

O Natal os coloca diante da força de seus sentimentos um pelo outro, e a ausência dos objetos, "das coisas", funciona como símbolo do amor mais verdadeiro.

O. Henry coroa a surpresa do final com seu famoso parágrafo: "Em todos aqueles que dão e recebem presentes, como esses jovens, reside a maior sabedoria. Os sábios estão por toda a parte. Eles são magos".

Singelo, sem jamais ser piegas, seu conto captura o encanto do jovem casal ao mesmo tempo que, veladamente, critica a cultura dos presentes de Natal, que podem não ter significado algum quando trocados sem maiores intenções, apenas para consumo imediato ou destaque social.

Para retratar pessoas absolutamente comuns e iluminá-las com delicadeza, O. Henry descreve cenas como se os personagens guardassem mistérios. "O que se esconde por trás da vida de todos os dias?", ele parece perguntar ao leitor a quem se dirige, mas, em vez de articular uma narrativa de suspense tendo em vista a solução de um crime, O. Henry inova e seus conflitos terminam por desvendar tudo de bom que a vida pode nos trazer.

"A dama de espadas"

Como num jogo, no qual os participantes escondem ou revelam suas cartas, Alexander Pushkin, um dos maiores autores russos, constrói sua narrativa apostando no inesperado.

Sua "dama de espadas" é considerada uma das histórias mais engenhosas da tradição de mistério. Ironicamente, o suspense cresce a cada parágrafo, embora não haja menção a eventos extraordinários antes do final propriamente dito. Personagens da aristocracia são desnudados em seu descaso, sua prepotência, sua arrogância e sua mesquinhez.

> A condessa certamente não tinha mau coração, mas ela apresentava todos os caprichos de uma mulher mimada pela sociedade, sendo venenosa e friamente egoísta, como todas as pessoas idosas que já perderam o amor e vivem fora de contato com a vida ao seu redor.

A vida vazia, fútil, a falta de afeto, de ideais, de compaixão são personificadas na ilustre condessa, personagem central do conto.

> Ela tomou parte em todas as veleidades do mundo da moda, arrastou-se pelos bailes, nos quais ficava sentada nos cantos, maquiada, trajando roupas fora de moda, como se fosse um enfeite desajeitado, mas indispensável no salão de baile. Ao chegar, os convidados se aproximavam dela e a cumprimentavam com deferência, como se cumprissem um rito antigo, e depois ninguém mais lhe dava atenção. Ela recebia a cidade inteira em sua casa, observando a mais estrita etiqueta e sem reconhecer o rosto de nenhum dos convidados.

Os personagens buscam no jogo as emoções que suas vidas não lhes proporcionam. Como na maioria dos contos de terror, as mensagens nas entrelinhas fazem uma crítica feroz à insensatez humana, à injustiça, a todas as formas de crueldade e egoísmo.

Pushkin, hábil narrador, dá as cartas, e o leitor será desafiado por suas viradas inesperadas. De modo que Hermann, o personagem que é apresentado, logo nas primeiras cenas, como um observador cauteloso, comedido será justamente aquele que ficará obcecado pelo mistério das três cartas infalivelmente vencedoras no jogo:

> A história das três cartas deixara uma poderosa impressão em sua imaginação e assombrou sua mente durante a noite inteira. "Imagine", ele pensou na noite seguinte, ao perambular em Petersburgo, "imagine se a velha condessa revelasse seu segredo a mim? Ou me contasse sobre as três cartas vencedoras? Porque eu não deveria tentar a sorte? Ser apresentado a ela, conquistar sua

confiança, talvez me tornar seu amante. Mas isso tudo levaria tempo e a senhora já tem 87 anos. Ela pode falecer na semana seguinte, ou até mesmo depois de amanhã! E a história em si? Será que é verdadeira? Não, economia, moderação e trabalho duro são as minhas cartas vencedoras (...)".

É irônico como Hermann vai abandonando suas cartas da sorte – economia, moderação e trabalho – e deixando que sua mente seja invadida por ideias destrutivas, como a de se casar com uma senhora de 80 anos, apenas para ficar viúvo e rico.

O desejo de ganhar dinheiro fácil e a paixão pelas cartas vão dominando todos os personagens, como num jogo de dominó. O humor negro do autor, a maneira como ele nos oferece de bandeja as motivações mais secretas de cada um, de certa maneira nos faz rir das tolices e das infantilidades de um grupo de personagens cujas aparências jamais revelariam sua verdadeira natureza.

Apenas uma personagem é poupada: a jovem e bela Liza, dama de companhia da condessa, cuja única mentira é ocultar desta as ardentes cartas de Hermann. Seduzida pela veemência amorosa das cartas que lhe são secretamente enviadas, Liza concorda em se encontrar com Hermann. Pushkin nos adverte contra a expectativa de um romance singelo com uma só frase: "Hermann chegou na hora marcada, como um tigre à espreita da presa".

É como se a cobiça de Hermann agora o cegasse quanto à beleza delicada de Liza, pois, para nossa surpresa, por meio de uma só frase, o autor sugere a possibilidade de um relacionamento abusivo entre a jovem e o oficial. Na verdade, a única intenção de Hermann é descobrir o segredo das três cartas vencedoras, aproximando-se da velha condessa e exigindo que ela o revele. Impiedoso, ele seduz a jovem apenas para tentar alcançar esse objetivo:

> Então, todas aquelas cartas apaixonadas, os pedidos ardentes, a abordagem atrevida e corajosa não haviam sido inspirados pelo amor! Dinheiro! Era isso que a alma dele tanto desejava! Não era ela que satisfaria seus desejos e lhe traria felicidade! Pobre menina, fora apenas o cego instrumento de um ladrão, o assassino de sua benfeitora idosa.

Em vez de corresponder ao interesse amoroso da jovem, Hermann é dominado por uma insanidade galopante. Aquele mesmo personagem inicialmente apresentado como alguém sério, controlado a ponto de apenas observar o carteado febril de seus amigos, provocará a morte da condessa, jamais descobrirá o segredo das cartas, será presa de delírios e terminará a vida num hospício.

Ao término da leitura, a dúvida: o piscar de olhos da Dama de Copas seria apenas um delírio insano, ou o ato de um fantasma a assombrá-lo? A cada leitor, uma decisão.

"O bule de café"

Romântico, fascinado pelo sobrenatural, o francês Théophile Gautier foi um escritor de grande fertilidade criativa, sempre cercado de amigos, como seus conterrâneos, o escritor Alexandre Dumas (1802-1870) e o poeta Gérard de Nerval (1808-1855). Um dândi, ou seja, um homem que se preocupava em andar com trajes elegantes, atuou também como crítico de arte, cronista e autor de folhetins publicados nos jornais. Poeta, defendia a ideia de "arte pela arte", no sentido de buscar um estilo refinado, sem muito compromisso com a concretude do real. É considerado um dos "pais" da literatura fantástica, e seu estilo de vida, de certo modo, está refletido em sua voz literária.

"Forte como a morte é o amor", ele escreve em seu "Cântico dos cânticos". Como em seu conto "O bule de café", a morte e o amor surgem associados, bem como o tema da fantasmagoria.

Na obra de Gautier, as histórias de amor são tragicamente impossíveis. A dimensão fantástica está bastante relacionada à aparição de uma bela mulher falecida que, de algum modo, consegue atravessar os véus que separam a realidade dos vivos e a dos mortos, para seduzir um jovem incauto.

A jovem Ângela seria a primeira de uma galeria de jovens fantasmas, que chegam para beijar um jovem puro e ingênuo. Acontece, então, uma segunda perda, pois o jovem não é capaz de trazer de volta à vida a jovem que lhe despertou um sentimento tão intenso quanto imediato. Ao quebrar o bule de porcelana, a jovem com quem o herói dançava desaparece na eternidade.

Não apenas no conto em questão, mas em toda sua instigante obra, o típico herói de Gautier é um jovem solteiro, inexperiente e romântico. O fantástico se revela por meio de uma imaginação tão ardente que é capaz de transformar o cenário mais prosaico num espaço de sonho e/ou pesadelo.

> As velas acenderam-se sozinhas; o sopro de algum ser visível lhes imprimia movimento, algo alimentava o fogo, uma respiração como a de um velho asmático, enquanto as brasas se mexiam sozinhas, aumentando as labaredas.

Reflexos nos espelhos, tapeçarias que se movem, estátuas sobrenaturais, pinturas cujos retratados mexem os olhos como se pudesse ver, todos esses elementos tão simbólicos, que por vezes encontramos em filmes ou seriados de terror contemporâneos, na verdade, foram introduzidos em narrativas pelos primeiros mestres do gênero, como Gautier.

> Um dos retratos, o mais antigo de todos, que continha um velho de barba grisalha, um homem parecido com um personagem de Shakespeare, abriu-se, e o homem tirou a cabeça para fora da pintura, rindo, e, fazendo um grande esforço, fez passar os ombros e a grande barriga pela moldura e saltou em terra, fazendo um grande barulho.

Outra grande habilidade de sua prosa é a capacidade de situar o leitor no insólito cenário onírico, ora encantador, ora absolutamente aterrorizante. A seleção das metáforas adequadas para produzir esse efeito fantasmagórico é meticulosamente calculada.

Nas palavras do autor: "Arte é beleza, a perpétua invenção do detalhe, a escolha das palavras, o extremo cuidado no acabamento da escrita".

"As três flores: Conto boêmio"

> *E, nessa doce linguagem das flores, que tem em lugar de palavras as cores e os perfumes, a prímula é a esperança, a verônica é a fidelidade e a sempre-viva, a perseverança.*

Ignácio Altamirano nunca deixou muito clara a origem do conto das três flores. Diz-se que o traduziu do alemão, daí o subtítulo "Conto boêmio", quer dizer, da região da Boêmia, que hoje, na verdade, pertence à República Checa. De todo modo, a influência alemã na região sempre foi forte. O mais conhecido autor checo, Franz Kafka (1883-1924), um boêmio de Praga, escreveu toda sua obra em alemão. O que mais interessa para nós é que a história foi contada por Altamirano com suas palavras. Ele apropriou-se desse conto e o traduziu em 1867.

Algumas características de sua prosa podem ser percebidas: a força dos diálogos, a estrutura de conto sobrenatural própria da tradição oral, entre outros fatores. Talvez possamos considerar a escolha por essa narrativa específica como um exercício autoral por parte de Altamirano, a tal ponto que ele não chega a revelar o nome de um suposto "verdadeiro autor" do conto em questão.

"Em todo o caso onde há crime, ou se presume..."

Um dos maiores poetas do século XX, o português Fernando Pessoa produziu uma obra singular, repleta de encanto, mistério e ironia. O conto selecionado para essa antologia não deixa por menos. O longo diálogo entre o doutor Quaresma e o chefe de polícia chamado Guedes destaca-se pelo raciocínio lógico e inquebrantável do primeiro, que conduz o segundo à solução de um estranho caso.

O leitor é desafiado a acompanhar a lógica inexorável desse doutor sobre o qual pouco se sabe, além de sua inteligência e perspicácia. O chefe Guedes pouco contribui para a solução do caso, funcionando mais como um interlocutor neutro, perplexo diante dos acontecimentos.